KB250301

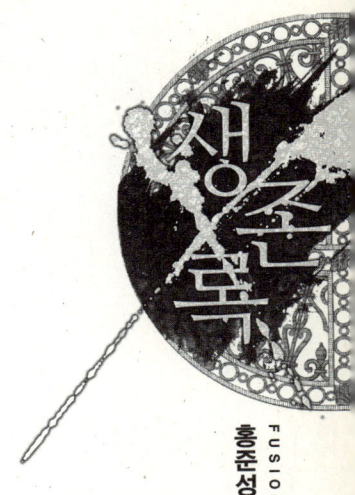

생존록

홍준성 퓨전 판타지 소설

FUSION FANTASTIC STORY

생존록 5

홍준성 퓨전 판타지 소설

초판 1쇄 찍은 날 § 2013년 6월 25일
초판 1쇄 펴낸 날 § 2013년 7월 3일

지은이 § 홍준성
펴낸이 § 서경석

편집부장 § 권태완
편집책임 § 박은정
디자인 § 신현아

펴낸곳 § 도서출판 청어람
등록번호 § 제1081-1-89호
등록일자 § 1999. 5. 31
어람번호 § 제1-1624호

주소 § 경기도 부천시 원미구 심곡2동 163-2 서경B/D 3F (우) 420-822
전화 § 032-656-4452 팩스 § 032-656-4453
http://www.chungeoram.com
E-mail § chungeorambook@daum.net

5

[완결]

홍준성 퓨전 판타지 소설

FUSION FANTASTIC STORY

도서출판 청람

CONTENTS

CHAPTER **01**
알 노이굽스

생존록

딱딱하고 차갑군.

나는 천천히 눈을 떴다. 아파트 복도의 주황색 조명이 밝게 빛나고 있었다.

뭐지?

시선을 아래로 내리자 익숙하게 생긴 현관문과 굉장히 낯익은 자전거가 눈에 들어왔다.

"헉!"

차가운 돌바닥이 아니라 시멘트 바닥이다. 상체를 벌떡 일으키자 등에 맨 가방이 바닥으로 축 늘어졌다.

가방?

그때 입가를 타고 뭔가 주르륵 흘러내렸다.

침이었다. 소매로 황급히 침을 닦아내고 내가 누워 있던 곳을 바라보았다. 침이 웅덩이처럼 고여 있었다.

우우우웅—

어디선가 진동 소리가 들려왔다. 엘리베이터 앞에 내 핸드폰이 떨어져 있었다. 핸드폰 액정 위로 '12학번 박현건'이라는 이름이 떠올랐다.

"여보세요?"

"형, 어디세요? 지금 애들 거의 다 모였는데."

"어? 먼저 가고 있어! 나는… 먹을 것 좀 사가지고 갈게."

뭐지.

나는 멍하니 핸드폰 액정을 바라보았다.

내가 지금 왜 여기 있는 거지?

검은색 액정 위로 기억의 파편들이 파노라마처럼 스쳐지나갔다.

고문을 당하고 있었다. 손가락 끝부터 천천히 살가죽이 벗겨지는 고문.

손톱과 발톱이 모두 뽑혀져 나가고 내 뱃가죽은 서서히 갈라져 조금씩 장기를 드러나고 있었다.

그 지옥 같은 고통에 허덕이고 있어야 할 내가 지금 왜 여기 있는 거지?

꿈을 꾸고 있는 걸까.

하지만 꿈이라고 하기에는 이 느낌들이 너무나도 생생했다. 콧속을 파고드는 아파트 냄새와 온몸에서 느껴지는 생동감.

이런 당황스러움을 예전에도 느낀 적이 있었다. 바로 처음 이계에 떨어졌을 때!

그때 느꼈던 당황스러움이 다시금 생생하게 떠올랐다.

설마 다시 지구로 돌아온 것일까? 몸과 정신이 파괴당하면서 울부짖던 내 외침을 신께서 들어주신 걸까? 아니면 나는 그저 꿈을 꾸고 있던 것일까.

띵—

그때 엘리베이터 문이 열렸다. 버튼을 누르지도 않았는데 문이 열린 것이다.

문을 활짝 열고 내가 타기를 기다리는 엘리베이터의 모습은 마치 먹잇감을 노리는 악어의 모습 같았다.

일단 타자.

엘리베이터 안으로 들어가 1층을 꾹 눌렀다.

지이잉—

문이 닫히고 엘리베이터는 천천히 아래로 내려갔다. 나는 엘리베이터가 만들어내는 작은 진동음을 들으며 핸드폰을 확인했다.

페이스북에 들어가자 사람들은 평상시처럼 자신들의 이야기를 쏟아내고, 웃긴 이야기를 공유하고 있었다. 카카오톡에서는 여전히 수많은 이야기가 오가고 있었다.

정말 지구로 돌아온 것 같았다. 이계에서 있었던 일들은 한바탕의 사나운 꿈처럼 느껴졌다.

하지만 그건 꿈이 아니다. 내가 꿈이 아닐 거라고 의심하는 이유는, 그때 느꼈던 생생한 경험과 그곳에서 보낸 무수한 시간 때문이다.

자연에서 살아남고, 쉬바쿰에 갇혀 죽을 고비를 넘기고, 악마들을 상대했던 것이 모두 꿈이라고?

제리코와 호운, 산도, 알 주골찬. 이자들이 모두 내 상상이 만들어낸 인물들이라고?

유정!

순간 유정이 떠올랐다.

그래, 나와 같이 한국에서 왔다고 했던 여자.

나는 페이스북에서 사람 찾기에 유정이라는 이름을 찾아보았다.

그러자 수많은 유정이 주르륵 목록에 떴다. 한데 유정이란 이름은 성이 유 씨고 이름이 정일까? 아니면 성이 있는데 말하지 않았던 것일까.

유정들의 사진들을 보면서 쭉 내려가던 나는 낯익은 여자를 발견하고 터치했다.

그 여자의 담벼락으로 들어가서 프로필 사진을 확대해 보니, 확실히 그 유정이었다.

진짜 있어.

유정은 실존하는 인물이다. 내가 꿈속에서 만들어낸 인물이 아닌 것이다.

한 번도 만나보지 않았던 사람의 얼굴을 내가 알고 있을 리가 없지 않은가. 더군다나 이름까지 같다면…….

"젠장!"

이건 꿈이다.

고문의 고통을 견디지 못하고 내가 미쳐 버린 것이 틀림없다.

띵—

1층에 도착했는지 엘리베이터의 문이 열렸다.

꿈이라니.

젠장, 젠장, 젠장!

가슴이 찢어질듯이 아파왔다. 조금 전까지 설레서 쿵쾅거리던 내 심장은 산산이 조각났다.

그렇다면 합숙 훈련을 갈 필요도 없지.

나는 핸드폰을 주머니에 쑤셔 넣고 15층을 눌렀다. 엄마를 보고 싶었다.

구멍이 뻥 뚫린 것처럼 먹먹했던 내 가슴은 엄마를 볼 수 있다는 생각에 다시 설렘으로 부풀어 올랐다.

이계에서 3년 가까이 지내며 쌓아왔던 그리움이 일시에 폭발했다.

1초가 1년처럼 느껴졌다.

한 층, 한 층 올라갈 때마다 산을 한 개씩 넘는 것처럼 숨이 차올랐다.

띵—

이윽고 엘리베이터가 15층에 도착하자 숨이 턱! 하고 막혀왔다.

나는 비틀거리면서 현관문 앞으로 다가가 비밀번호를 입력하고 문을 열었다.

"어? 뭐 놓고 갔니?"

문을 열고 안으로 들어가자 가슴이 사무치도록 익숙한 목소리가 귓가를 파고들었다.

나는 눈시울이 붉어지는 것을 느끼며 현관문 앞으로 나온 엄마의 모습을 바라보았다.

"엄마……!"

나는 엄마를 와락 끌어안았다. 눈가를 타고 눈물이 주르륵 흘러내렸다.

"뭐야, 이놈이 뭘 잘못 먹었나. 우성아, 왜 그래?"

"끄윽… 무서운 꿈을 꿨어 엄마."

"뭐? 꿈? 어젯밤에 꾼 꿈 말하는 거야?"

나는 고개를 끄덕이며 엄마를 더 세게 끌어안았다.

그렇게 오랫동안 생각해도 꿈에서 나오지 않던 엄마를 이제야 보게 되다니…….

"그건 꿈이 아니란다, 애야."

"그게 무슨?"

그때 엄마가 무지막지한 힘으로 내 팔을 움켜쥐었다.

"큭! 아파, 엄마!"

내가 황급히 팔을 풀고 뒤로 물러나자, 그곳에는 엄마가 아닌 다른 존재가 우두커니 서 있었다.

그것은 검은색 연기였다.

그런데 연기가 흩어지지 않고 모여 사람의 형상을 그려 내고 있었다. 팔, 다리, 눈, 코, 입 모두 달려 있었으며 눈은 붉은색으로 빛나고 있었다.

한 번도 본 적이 없었지만 검은색 연기에서 느껴지는 기운이 익숙했다.

나는 본능적으로 그의 정체를 간파했다.

"알 노이굽스!"

"그래, 눈치는 있군."

알 노이굽스는 고개를 끄덕이더니 내게 손짓하며 집 안으로 들어갔다.

"얘기나 하지."

그는 그렇게 말하고는 부엌으로 들어가 커피포트를 작동시켰다.

커피포트를 다룰 줄 알아?

내가 멍하니 바라보자 알 노이굽스가 어깨를 으쓱이며 말했다.

"네가 내 능력을 공유하고 있듯이 나도 네 능력을 공유하고 있지. 고작 기계를 다룰 줄 아는 능력이라니, 보잘것없군."

부글부글—

커피포트의 물이 끓어오르자 그는 식탁 의자에 앉더니 내게 손짓했다.

"앉아."

나는 잠시 동안 멍하니 서 있다가, 신발을 벗고 집 안으로 들어갔다.

내가 의자에 앉자 그가 깍지를 끼더니 한숨을 내쉬었다.

"네가 왜 여기 있는지 궁금하지?"

나는 고개를 끄덕였다.

"너도 알다시피 지금 너는 꿈을 꾸고 있는 거야. 네가 고문을 견디지 못해 미칠 것 같아서 내가 너를 보호하기 위해 꿈속으로 끌어들였지."

"나를 보호한다고? 왜?"

"이야기가 길다. 커피를 마시면서 얘기하지."

그는 그렇게 말하고는 자리에서 일어났다.

커피포트의 물이 다 끓었는지 틱! 소리와 함께 물 끓는 소리가 그쳤다.

쪼르륵—

그는 찻잔에 끓는 물을 붓고는 커피믹스를 뜯어 넣었다.

"원두커피라는 것을 먹어보고 싶었는데 말이지. 집에 없더군."

"내 기억을 얼마나 공유하고 있는 거지?"

"거의 다. 원래는 네가 내 능력을 공유하고 있는 만큼만 공유할 수 있는데, 알다시피 너는 이곳 '지구'에서 자라고 태어난 이계인이잖아? 굉장한 충격이었지, 정말."

알 노이굽스는 커피를 한 모금 들이켜고는 입맛을 쩝쩝 다셨다.

"너는 상상도 못 할 거야. 그때 내가 느꼈던 충격은 정말이지, 멘붕이었어!"

멘붕? 지금 멘붕이라는 단어를 쓴 거야?

뭔가 당황스러우면서도 웃겼다. 사실 지금 악마와 식탁에 앉아 얘기를 나누고 있다는 것 자체가 너무 웃겼다.

"그래서 나는 네 기억을 더 파고들었고, 이렇게 새로운 지식을 접할 수 있었지. 그 점에서 항상 고맙게 생각한다. 차원의 흐름 속에 오백 년 가까이 갇혀 있다 보면 심심해서 미칠 것 같거든."

알 노이굽스는 커피를 한 잔 더 타더니 내 앞에 내려놓았다.

"자, 아까 얘기로 돌아가자면 내가 왜 너를 보호하는 거냐고 물어봤었지?"

"그랬지."

그는 깍지 낀 손 위로 턱을 괴더니 말했다.

"처음에는 너의 기억을 모두 흡수하고 싶어서 보호했지. 고문으로부터 널 보호한 것 외에도 너는 몇 번이나 미칠 뻔했지만 그때마다 내가 보호해줬어. 그리고 혹시라도 내가 너의 기억을 흡수하는 사이 미쳐 버릴까 봐 베나레스도 확장시켜줬지."

"뭐? 내가 확장시킨 것 아니었어?"

"음, 아주 조금 기여했지. 베나레스는 그렇게 빨리 수련할 수 있는 것이 아냐."

이런 젠장. 빠른 성장이 다 이유가 있었군.

"아무튼 그러다가 지금 지옥 돌아가는 꼴을 보고 있자니 울화통이 터지더군. 내가 어떻게 통합한 지옥인데, 첫째 놈은 둘째 놈한테 깨져서 리스트리안으로 쫓겨났지 않나. 또 천계가 호시탐탐 침략할 계획을 세우고 있지 않나."

그는 커피를 쭉 들이키더니 탁! 하고 소리 나게 내려놓으며 말했다.

"정말 답답하더군. 그래서 너를 이용하기로 했어."

"날 이용한다고?"

"그래, 지금 알 라스트로트가 내 영혼의 파편을 가장 많이 가지고 있어. 그래서 내가 부활하는 것을 싫어하는 둘째 놈, 그리고 인간 마법사 버러지들이 알 라스트로트를 방해하고 있지. 놈들이 알 라스트로트에게 집중하는 사이 너를 통해 내가 부활하는 거야. 그야말로 깜짝 파티지!"

"그렇다면 나는 죽는 것 아닌가? 난 죽고 싶지 않아."

내가 묻자 알 노이굽스가 고개를 저으며 이어서 말했다.

"오해가 있었군. 난 너를 통해 직접 부활하지 않을 거야. 지금 돌아가는 꼴이 답답할 뿐, 다시 돌아가고 싶지는 않아. 난 이 지구로 오고 싶다!"

그는 내게 '커피 안 마실 거냐?' 하고 묻고는 내 대답도

들어보지 않고 커피를 마셨다.

"다른 인간들이 사는 차원이 존재할 거라고 줄곧 생각해 왔지만 이런 곳이 있을 줄은 몰랐어. 네 기억을 흡수하는 것만으로는 충분하지 않아. 직접 겪어보고, 더 배워보고 싶다."

그러더니 내 팔을 움켜잡았다. 세게 잡을 거라 생각하고 움츠러들었는데 그저 따뜻한 느낌만 들었다. 연기라서 그런가?

"나와 계약을 맺자, 베인. 아니지. 정우성!"

"계약?"

내가 되묻자 알 노이굽스가 자리에서 일어나더니 말했다.

"너에게 마왕의 자리를 물려주겠다. 내가 살아 있었을 때 가지고 있던 모든 능력을 물려받는 거지. 그럼 이 꿈이 깨고 나서 알 주골찬이라고 했나? 그 하찮은 녀석의 실험실쯤은 춤을 추며 빠져나올 수 있다. 살고 싶을 거 아냐, 그렇지?"

"그 대가로 네가 원하는 건 뭐지?"

"내 첫째 놈을 도와서 지옥을 통합하는 것을 도와줘. 둘째 놈은 죽여도 되고, 상관없어. 첫째 녀석만이 내 핏줄을 이어받은 진짜 아들이야."

지옥을 통합하는데 꽤나 시간이 걸릴 것이다.

둘째 아들의 세력을 무력화시켜야 하고, 계획을 방해하려는 인간들도 있겠지.

하지만 알 노이굽스가 가지고 있던 능력을 모두 물려받는다면 어렵지 않을 것이다.

알 노이굽스는 고서에도 전무후무한 강력한 악마로 기록되어 있으니깐.

생각할 것도 없었다. 무엇보다도 알 주골찬의 실험실에서 빠져나와야 한다.

"좋다. 받아들이지."

"당연히 그래야지. 그리고 두 번째 계약을 맺는다."

"뭐라고?"

알 노이굽스는 내 앞으로 한 발자국 다가오더니 말했다.

"지옥을 통합하고 나면 내가 물려준 능력을 내 첫째 아들에게 돌려주도록 해. 내 진정한 계승자는 첫째 놈이니깐. 녀석이 지옥에서 쫓겨난 것도 내 힘을 계승하지 못한 반쪽짜리여서 그런 거야. 만약 그렇게 해준다면, 네가 녀석에게 능력을 물려주는 즉시 지구로 돌려보내주지. 어때?"

"정말 지구로 돌려보내주는 건가? 꿈이 아니라?"

"그래! 내가 바로 마왕 알 노이굽스다. 원래 있던 곳으로 돌려보내주는 것쯤은 식은 죽 먹기지. 그리고 아까 말했다시피 나도 이곳에서 살아보고 싶다고. 네가 지구로 가야 나도 갈 수 있는 거야."

나는 알 노이굽스를 바라보았다. 연기로 만들어져 있어서 통 본심을 파악할 수 없었다.

표정이라도 보이면 어떻게 추측해 볼 텐데.

"만약 둘 중의 한 명이 계약을 어기면 어떻게 되는 거지?"

내가 묻자 알 노이굽스가 크게 웃었다.

"하하하! 어디서 들어본 건 있나 보지? 물론 둘 중의 한 명이 계약을 어기면 이 세상에서 영원히 사라진다. 보통 계약은 이 정도로 강력하지 않지만 내가 마왕이라서 그래. 무섭지?"

"영원히 사라진다는 게 무슨 뜻이지?"

"공허 속에 갇히게 된다는 뜻이다. 영원히 그곳에서 지내야 되고, 절대 환생할 수 없어. 또한 너를 기억하는 이도 없고, 이 세상도 너라는 사람이 존재했다는 기록을 지운다. 그야말로 공허 그 자체가 되는 것이지. 그곳에 갇힌다는 것은 세상에서 가장 끔찍한 일이다."

알 노이굽스가 몸을 부르르 떨며 말했다.

이 녀석이 이 정도로 싫어하는 것을 보니 확실한 것 같군.

"좋아. 두 번째 계약도 하겠다."

"깔끔하군!"

그는 커피를 마저 쭉 들이키더니 나를 바라보았다.

"왜? 또 뭐가 궁금해?"

"이게 끝인가? 구두로만 하면 계약이 성사되는 거야?"

"물론 아냐. 이 커피를 다 마시고 하려고 했어."

"뭘?"

내가 되묻는 순간, 알 노이굽스가 커피 잔을 내려놓더니 나를 향해 성큼성큼 걸어왔다. 그러더니 형체를 이루던 연기가 산산이 흩어지며 내 몸속으로 들어왔다.

"흠, 간단하군."

피를 나눈다든지 마법진을 그리고 주문을 외운다든지, 뭔가 거창한 것을 생각하고 있었는데 의외로 간단했다.

'어때? 간단하지?'

"응?"

그때 알 노이굽스의 목소리가 머릿속에서 들려왔다.

"뭐야, 진짜 내 몸속으로 들어온 거야?"

'그래야 내 능력을 쓸 수 있어. 네 그릇이 너무 작아서 내 능력을 수용하기에는 역부족이다. 하지만 너와 내가 일체

가 되면 그릇이 커져서 능력을 수용할 수 있지.'

이런 젠장.

그렇다면 내가 생각하는 걸 모두 이 녀석이 듣게 되겠군.

'물론이지.'

*   *   *

내가 막 뭐라고 대답하려는 순간, 온몸에서 끔찍한 고통
이 느껴지더니 눈앞이 하얗게 변했다.

철썩—

"끄으으!"

얼음장같이 차가운 물이 내 몸을 적셨다.

슬며시 눈을 뜨자 양동이를 든 채 혀를 차고 있는 악마의
모습이 보였다.

알 주골찬이 고문하는 동안 날 깨우는 역할을 맡고 있는
놈이었다.

"벌써 정신을 잃나? 역시 인간들이란."

악마는 나를 위 아래로 살펴보더니 양동이를 내려놓고
방 밖으로 나갔다.

"알 노이굽스! 내게 언제 힘을 줄 거지?"

어서 빨리 이 고통에서 벗어나고 싶었다. 온몸에서 느껴

지는 고통에 사지가 부들부들 떨렸다.

나는 실험대 위에 누워 있었는데 팔과 다리가 두꺼운 족쇄에 묶여 있어서 움직일 수조차 없었다.

그저 이곳에 누운 채 고문을 당하고, 똥오줌을 싸고, 가끔 주는 밥을 개처럼 먹어야 했다.

비밀을 알려주겠다고. 어째서 나와 다른 사람의 베나레스가 다른지 알려주겠다고 외쳐도 소용없었다.

"비밀? 이제 상관없어. 몰라도 돼. 킥킥킥."

알 주골찬은 완전히 미친놈이었다. 고문을 하며 흥분을 느끼는 괴상한 성적 취향을 가지고 있던 녀석은 내가 고통에 가득 찬 비명 소리를 지를 때 즐거워했다.

개새끼. 이제 너는 죽었다. 똑같이 되갚아주지.

그런데 왜 이 녀석은 대답이 없지?

설마 그것도 개꿈이었나?

너무 고통스러워서 절대자를 찾으려고 하다가, 알 노이굽스를 찾게 된 건가?

이런 젠장!

'미안, 네 영혼과 동기화하느라고 늦었다.'

그때 알 노이굽스의 목소리가 머릿속에서 울려 퍼졌다.

아아, 정말 다행이다. 개꿈이 아니었어.

녀석의 목소리가 이렇게 반가울 줄은 몰랐다.

'베나레스를 일으켜 봐.'

흐려져 가는 의식을 붙잡은 채 베나레스를 떠올려 보았다. 그러자 지금껏 봤던 나무와는 달리, 웬 울창한 숲이 무의식 속에 떠올랐다.

암흑보다도 더 어두운 색의 높다란 나무들이 숲을 이루고 있었는데, 가지 끝이 약간 회색빛으로 물들어 있지 않았으면 검정색 덩어리인 줄 알았을 것이다.

"굉장하군."

'더 커질 거야. 지금 내 힘의 반 정도밖에 복구하지 못했다. 그래도 이 정도면 알 주골찬쯤은 이길 수 있지.'

나는 베나레스를 끌어올려보았다. 그러자 예전과 달리 심장이 쿵쾅거리지도 않고 무지막지한 힘이 콸콸 쏟아지는 것이 느껴졌다.

'내 덕분이지. 그릇이 커져서 그런 거다.'

좋아.

베나레스를 끌어 올리자 온몸의 상처들이 아물며 고통이 서서히 몰려왔다. 죽었던 세포와 신경들이 되살아나는데 수반되는 고통이었다.

"큽."

하지만 빠른 속도로 재생되어서 고통이 오래가지는 않았다.

나는 팔과 다리에 힘을 줘서 족쇄를 끊어 버리고는 상체
를 일으켜 세웠다.

쩔그럭—

실험대 위에는 내가 흘린 피와, 내가 싼 똥오줌이 가득했
는데 가만히 보고 있자니 지금까지 고문을 겪으며 느꼈던
고통과 서러움이 한꺼번에 밀려왔다.

"제기랄… 어떻게 또 살아남았다. 내가 이곳에 갇힌 지
얼마나 되었지?"

'딱 다섯 달이 되었다.'

다섯 달이라. 다섯 달이나 지났는데 산도는 오지도 않았
군.

베나레스를 구현시킬 수 없는 곳이라 위치 추적 장치도
작동하지 않았던 것일까?

어쩌면 알 주골찬을 상대하기에 산도가 약한 것일 수도
있겠다.

알 주골찬은 뿔까지 달려 있는 것을 보니 꽤나 강력한 악
마 같았으니 말이다.

아무튼 나는 양동이에 있는 물로 몸을 씻어냈다.

핏자국과 노폐물로 범벅이 되어 있어서 씻지 않으면 안
되었다.

문을 열고 밖으로 나가자 벽면에 횃불이 걸려 있는 어두

컴컴한 통로가 보였다.

통로의 좌우로 실험실로 추정되는 방이 여러 곳 있었다.

"출구가 어디지?"

'제일 첫 번째 갈림길에서 왼쪽으로 꺾은 다음에 계단을 올라가면 된다. 알 주골찬이 위층에 있군.'

알 주골찬!

네놈을 만나면 사지를 모두 뜯어 버리겠다.

목과 몸통을 분리시키고 머리통을 수박처럼 터뜨려주겠다. 아니지. 그럼 너무 쉽게 죽는군.

내가 겪었던 고통을 모조리 겪게 해주겠다.

아니, 그것보다 더 심한 고통을 겪게 해주겠다.

살점을 한 조각씩 떼어낸 후, 뼈와 살을 분리시켜 버리겠어.

살려달라고 빌 때까지 괴롭히겠어. 물론 살려주지 않겠지만 말이야. 내게 했던 고문을 똑같이 되돌려주마.

"큭큭큭."

알 주골찬에게 복수할 생각을 하자 가슴 깊은 곳에서 무한한 기쁨과 강렬한 파괴 욕구가 피어올랐다. 모든 걸 파괴하고 싶었다.

이 욕구! 이 힘! 세상 모든 것을 파괴하는 거야!

알 주골찬 가지고는 성에 안 찬다. 이 세상에 존재하는 모든 악마들을 죽여 버리겠어!

쿵쾅쿵쾅쿵쾅—

심장이 거세게 박동했다. 그와 동시에 시야가 붉게 물들었다.

잠깐. 심장이 거세게 박동한다고?

순간, 나는 끔찍한 장면들을 계속해서 만들어내는 내 안의 시커먼 괴물을 발견했다.

그 괴물은 소름끼치는 미소를 지으며 나를 바라보았다.

"젠장! 이건 아냐!"

그러자 얼음물을 뒤집어쓴 것처럼 갑자기 정신이 맑아졌다.

뜨겁게 과부하 되었던 뇌가 식었고, 거세게 박동하던 심장도 평온해졌다.

내게 무슨 일이 있어났던 거지?

'악마의 힘을 받아들일 때 일어나는 전형적인 부작용이다. 내 차가운 이성 능력을 물려받지 못했다면 심장이 터지거나, 뇌가 터져서 죽었을 거야.'

"부작용의 원인도 결국 너잖아?"

'물론 그렇지. 이런 걸 보고 병 주고 약도 준다고 하지 않던가? 하하하!'

이제는 속담도 쓰는군. 나 원 참.

나는 성큼성큼 갈림길을 향해 발걸음을 옮겼다.

알 주골찬을 고문하지 않고 그저 깔끔하게 죽여야겠다. 악마의 힘을 가졌다고 악마가 되어서는 안 된다.

니체도 말하지 않았던가.

그대가 심연을 들여다보려고 할 때, 심연 또한 그대를 들여다보고 있다고.

내가 심연을 들여다보다가 이윽고 심연이 되는 순간, 그래, 어쩌면 알 노이굽스가 노리는 것이 이것일지도 모른다.

악마의 힘에 도취되어 내가 심연이 되는 것을 선택한 순간, 계약은 파기되고 나는 사라지지.

그럼 알 노이굽스는 내 몸을 가지게 될 것이다.

이 세상에서 '정우성'이라는 존재는 사라지게 되지만, '정우성'이라는 존재를 '알 노이굽스'가 대체하게 되는 것이다.

악마가 계약하는 목적은, 인간의 몸을 빌려 현실 세계에 존재하는 것.

어떠한 악마도 그 본신 자체가 현실 세계에 강림할 수 없다.

그것은 신의 영역이다.

알 노이굽스는 궁극적으로 내 존재를 대신하여 지구로 가려는 목적을 가진 게 아닐까?

계약을 파기할 수밖에 없게 만들어 내 기록을 지우고, 그 기록을 넘겨받아 지구로 넘어가는 것!

내게 많은 것을 주었지만 알 노이굽스의 본질은 악마다. 비록 악마는 계약을 지킨다고 하지만, 그 계약의 이면에 이 의도가 숨어 있었던 것은 아닐까?

그때 침묵을 지키고 있던 알 노이굽스가 말했다.

'…내가 그릇을 키우면서 사고 능력도 키운 건가? 뭐, 들켜 버렸으니 어쩔 수 없군. 그런 의도를 가지고 있는 것은 사실이다.'

"당당하게도 말하는군."

'난 악마니깐 양심의 가책을 느끼지 않는다. 네 말대로 악마는 본질적으로 악한 존재라서 신의 허락 없이 다른 차원으로 넘어갈 수 없다. 그래서 다른 차원의 존재, 즉 너의 기록을 넘겨받으려고 하는 거지.'

"다 말해줘도 되는 거야? 이제부터 내가 각별히 조심하게 될 텐데 말이지."

'상관없다. 너는 이미 심연을 반쯤 들여다보았다. 시작이 어려울 뿐, 그 후로는 일사천리로 이루어지지. 심연은 마약과도 같거든. 결국에는 네 마음을 조금씩 갉아먹게 될

것이다.'

개자식. 쉽게도 말하는군.

정말 악마는 피도 눈물도 없는 존재라는 말이 맞는 것 같
았다.

나도 걱정된다. 알 노이굽스의 말을 부정할 수 없다.

나는 이미 심연을 반쯤 들여다보았고, 비뚤어진 내 안의
괴물은 그 심연을 갈구하고 있다.

"몰라! 일단 알 주골찬부터 죽여야겠어."

'흐흐, 그래. 그래야지.'

CHAPTER **02**
실험실을 빠져나오다

"뭐야, 어떻게 나왔지?"

막 계단을 올라가려고 하는데 뒤에서 누군가 다가왔다. 뒤를 돌아보니 내 얼굴에 물을 뿌려주던 악마였다.

악마는 내 모습을 보더니 뭔가 달라진 것을 느꼈는지 뒤로 한 발자국 물러섰다.

"어, 어떻게 베나레스를 사용할 수 있는 거지?"

나는 대답하지 않고 손톱을 뽑았다. 그러자 악마도 손톱을 뽑으며 내게 달려들었다.

휙—

악마의 공격은 너무나도 느리게 보였다.

손톱을 옆으로 흘려보낸 후, 큰 동작으로 인해 드러난 옆구리에 손톱을 쑤셔 넣었다.

우드득―

"크악!"

갈비뼈를 으스러뜨리고 몸을 파고들어 악마의 심장을 움켜쥐었다.

쿵쾅거리는 심장 박동이 손바닥을 타고 느껴졌다.

순간 짜릿함이 느껴졌다. 온몸에 닭살이 돋으며 내 안의 뭔가가 끊어진 듯한 느낌이 들었다.

이게 뭐지?

"제기랄!"

"커헉!"

나는 심장을 뽑아낸 후 악마의 몸을 걷어찼다. 악마는 척추가 으스러진 채 벽에 쿵! 하고 부딪쳤다.

이제는 심장박동을 느끼면서 흥분하는군. 점점 괴물이 되어가고 있는 걸까?

아직 뜨거운 검은색 피를 토해내는 심장을 묵묵히 바라보았다.

그곳에 서린 검은색 기운이 내 안으로 천천히 스며들었다. 알 노이굽스는 말이 없었다.

철퍽―

심장을 벽에 던져 버리고 계단을 올라갔다.

괴물이 되길 원한다면 괴물이 되어주지. 계약을 지키는 선에서!

너는 절대 내 기록을 대신할 수 없을 거야.

내 궁극적인 목표는 언제나 지구로 돌아가는 것이었으니까. 지구로 돌아가는 것은 네가 아니라 나일 것이다.

계단을 올라가 문을 열자 고풍스럽게 꾸며진 방이 모습을 드러냈다.

고급 양탄자가 바닥에 깔려 있었고 벽면에는 커다란 책장이 놓여 있었다.

내 앞에는 책상이 놓여 있었는데, 알 주골찬과 그의 에스콰이어, 레비가 의자에 앉아 있었다.

집무실 같은 곳에 실험실을 만들어 놓은 모양이군.

"헉!"

내가 문을 열고 나오자, 책상 앞에 앉아 있던 레비가 입을 쩍 벌렸다.

"왜?"

레비가 화들짝 놀라며 일어나자, 책상 앞에 앉아 있던 알 주골찬이 뒤를 돌아 나를 바라보았다.

"안녕?"

나는 막 뒤를 돌아보는 알 주골찬의 뒤통수를 걷어챘다.

빡! 하는 시원한 소리와 함께 알 주골찬의 머리가 책상 위로 처박혔다.

쾅—

"머리가 단단하군!"

알 주골찬이 책상에 머리를 박자 쾅 소리와 함께 책상이 산산조각 났다.

놈은 재빨리 앞으로 구르더니 나를 바라보며 손톱을 뽑았다.

"어떻게 이게 가능한 거지? 응?"

알 주골찬은 몹시 당황스러워 보였다. 내가 그였어도 무척 당황스러웠을 것이다.

온몸이 찢긴 채 빌빌거리고 있어야 할 녀석이 멀쩡한 모습으로 나타나다니!

그것도 자신의 뒤통수를 후려칠 정도로 빠른 공격을 하면서!

"글쎄. 몰라도 될 것 같군."

나는 땅을 박차며 알 주골찬을 향해 손을 뻗었다.

원래는 목덜미를 뜯어 버리려고 했으나 녀석이 목을 뒤로 빼며 가까스로 피해냈다.

좀 더 힘을 써야겠군.

베나레스를 더 끌어올리며 두 손을 한꺼번에 휘둘렀다.

왼손은 사선으로 치켜 올리고, 오른손은 횡으로 베었다.

쩡!

"크악!"

"아버지!"

녀석은 내 오른손 공격을 막아냈지만, 막아낸 손이 뼈 부러지는 소리와 함께 뒤로 꺾였다. 그리고 내 왼손 공격은 녀석의 얼굴을 반쯤은 뜯어냈다.

녀석은 피를 뚝뚝 흘리며 재빨리 뒤로 물러났다.

그러면서 자신의 상처에 손가락을 찍어 피를 묻힌 후, 허공에 대고 마법진을 그렸다.

"라 에드몬드노루 카자키……."

마법이라.

나는 본능적으로 저 마법 주문을 파훼할 수 있다는 것을 깨달았다.

마법을 파훼하는 능력은 알 노이굽스가 가지고 있는 능력 중에 하나였다.

내가 손을 뻗자 허공에 그려지고 있던 마법진이 산산조각 나며 사라졌다.

"뭐, 뭐?"

알 주골찬은 얼굴 가죽이 벗겨진 채로 입을 쩍 벌렸다.

보고 있기 징그럽군.

베나레스를 힘껏 끌어올려 손톱을 아래에서 위로 치켜올렸다.

퍽—

후드드득—

알 주골찬의 머리가 몸통에서 분리되며 하늘 높이 치솟았다.

그리고는 천장에 부딪쳐 산산조각 나더니 살 조각과 피가 비처럼 쏟아져 내렸다.

"아, 아, 아……."

레비는 자신의 아버지가 무력하게 죽음을 맞이한 것이 충격이었는지 몸을 벌벌 떨며 문을 향해 기어갔다.

나는 카펫 위를 기고 있는 레비의 등을 꾹 눌러 밟았다. 그러자 녀석이 살기 위해서 몸부림쳤다.

꼭 벌레 같군.

천천히 발에 힘을 주자 레비가 고통에 가득 찬 비명 소리를 내질렀다.

"끄아아아악!"

콰직—

레비는 간헐적으로 꿈틀대다가 이내 몸을 축 늘어뜨렸다.

나는 알 주골찬의 심장과 레비의 심장을 뽑아낸 뒤 꽉 움켜쥐어 터뜨렸다.

퍽—

양 손바닥을 타고 끈적끈적한 검은색 피가 주르륵 흘러내렸다.

그와 동시에 놈들의 영혼이 내 안으로 빨려 들어왔다.

'어때, 기분 좋지?'

그때 줄곧 침묵을 지켜오던 알 노이굽스가 내게 말을 걸었다.

나는 무의식적으로 '굉장히' 라고 말할 뻔했다.

"별로."

'네 마음은 다른 것 같은데?'

머릿속에서 알 노이굽스가 그럴 줄 알았다는 듯이 크게 웃었다.

제기랄. 음소거 기능 같은 건 없나.

나는 손에 묻은 피를 카펫에 문질러 닦은 후, 알 주골찬의 옷을 벗겼다.

알몸으로 나갈 순 없으니 뭐라도 입어야 하지 않겠는가.

검은색 피가 묻어 있어서 꺼림칙했지만 대충 입었다.

체격이 비슷해서 옷이 남거나, 꽉 끼지 않아서 다행이 군.

집무실 밖으로 나오자 기다란 복도였다.

복도는 좌우로 길게 뻗어 있었는데 보아하니 이곳은 알 주골찬이 사는 성 같았다.

"그런데 궁금한 게 있는데, 너는 알 주골찬의 기척을 느 꼈는데 알 주골찬은 왜 느끼지 못한 거지?"

'그야 내가 기척을 숨기고 있기 때문이지. 나보다 강하지 않은 이상 내 기척을 읽을 수 없다.'

"여기서 너는 곧 나를 의미하는 건가?"

'그렇지.'

그렇다면 나중에 사람들을 만날 수 있겠군.

그나저나 이제 어디로 가야 하지? 람부르트로 돌아가야 하나? 산도에게 가야 하나?

'계약을 이행해야지. 산도에게 가라.'

"계약을 이행하는데 왜 산도에게 가야 하지?"

'아, 몰랐나 보군. 산도가 내 첫째 아들이다.'

"뭐라고!"

잠시 머리가 띵했다.

산도가 알 노이굽스의 첫째 아들이었다니.

그 강력함이 이제 서야 이해가 가는군.

검은색마저 눈치채지 못하게 내 베나레스를 숨겨준 것하며, 젊은 나이임에도 불구하고 뛰어난 마법 공학 지식과 마법 능력을 가지고 있는 것까지.

아무리 천재라고 해도 조금은 밸런스가 안 맞는 인물이었다. 그런데 마왕의 아들이 어째서 펜서에 들어간 것일까?

'나도 녀석의 속셈은 몰라. 일단 녀석에게 가서 자초지종을 설명하고 그 계획을 도와주도록 해.'

그런데 그때, 복도에 세워져 있던 석상의 그림자에서 한 사내가 스르륵 걸어 나왔다.

내가 휙 돌아보자 사내가 얼굴에 쓴 복면을 벗으며 내게 다가왔다.

"당신이 베인인가?"

"그렇습니다만."

"이제야 찾았군! 도대체 이 넓은 성에서 어떻게 찾아야 하나 막막해하고 있었는데 말이지. 나는 산도님이 보낸 일린이라고 하오. 반갑소."

나는 얼떨결에 일린의 손을 마주잡고 악수했다.

일린은 그러더니 황급히 주위를 둘러보며 말했다.

"알 주골찬이 눈치채기 전에 어서 빠져나갑시다. 그나저나 실험실에서 어떻게 빠져나온 거요?"

"에, 그게……."

"일단 이곳을 빠져나간 뒤에 차근차근 얘기해주시오."

일린은 내게 조용히 하라고 손짓을 해보이더니 따라오라고 했다.

그를 따라 석상 뒤로 돌아가자 그가 품속에서 가죽주머니를 꺼내더니 안에서 가루를 꺼내들었다.

"그게 뭡니까?"

"은신 가루요. 기척과 모습을 숨겨주지."

그러더니 다짜고짜 내 몸 곳곳에 가루를 뿌리고는 또 따라오라고 하며 복도를 달려갔다.

'무척 바빠 보이는군.'

"그러게 말이야."

일단 나는 일린의 뒤를 따라 달려갔다.

일린은 첩보 요원처럼 벽에 몸을 숨기며 사방을 살펴본 뒤, 내게 손짓으로 또 따라오라고 하며 달려 나갔다.

이윽고 미리 준비한 로프를 이용해 창문 밖으로 빠져나가자, 그제 서야 일린은 후! 하고 한숨을 내쉬며 말했다.

"혼자 빠져나오는 건 쉬운데 역시 데려나오는 것이 어렵군. 그래도 이제부터가 시작이오. 이곳 일대는 알 주골찬의 권속들이 깔려 있어서 땅굴을 이용해야 하오."

그가 그렇게 말하더니 어느 능선을 가리키며 말했다.

"자, 저길 보면 걸어 다니는 권속들이… 어라? 어디 갔지?"

그가 가리킨 능선을 바라보았으나 아무것도 보이지 않았다.

일린은 당황한 듯이 볼을 붉적이다가 불현듯 낯빛을 딱딱하게 굳히며 나를 바라보았다.

"아무래도 들킨 것 같소. 대대적으로 정찰을 하고 있는 모양이야."

내 생각은 좀 다른데.

내가 알 주골찬을 죽여서 권속들도 죽은 것이다. 그러니 정찰을 하고 있는 권속도 있을 리가 없지.

"빨리 땅굴로 들어갑시다! 이 땅굴을 파느라고 정말 힘들었는데… 그래도 노력이 빛을 발하는군!"

땅굴을 파느라고 다섯 달이나 걸린 건가?

일린을 따라 근처의 수풀 속으로 들어갔다.

수풀 속에 커다란 구멍이 있었는데, 걸어서 들어갈 정도는 아니고 기어야 될 것 같았다.

"땅속으로 들어가야 권속들의 감시망에 걸리지 않을 수 있소. 놈들의 감각기관이 예민하긴 하지만 지하에서 일어나는 움직임을 간파할 수는 없지."

"땅굴 속을 얼마나 기어야 하는 겁니까?"

내가 묻자 일린이 씨익 웃으며 대답했다.

"하루는 꼬박 기어가야지."

이런 젠장.

그때 일린이 황급히 몸을 숙이더니 내 목덜미를 잡고 끌어내렸다.

"억!"

"쉿! 조용히 하시오! 저기 권속이 있소!"

움직이는 권속이 있단 말이야?

일린 옆에 웅크리고 앉아서 그가 가리키는 곳을 바라보자, 과연 수풀 사이로 권속의 꼬리로 추정되는 부분이 보였다. 하지만 움직임은 없었다.

"왜 안 움직이지?"

"글쎄요. 권속들도 잠을 잡니까?"

"아니. 그래서 이 지역에 들어오기 더 힘든 것이오. 마법도 안 통하지, 감시자들은 휴식을 취하지 않아도 되지. 그야말로 철통 보안이오."

일린은 허리춤에서 칼을 뽑아들더니 조심스럽게 권속의 시체를 향해 다가갔다.

"이럴 수가! 권속이 죽어 있소!"

"네? 권속도 수명이 있습니까?"

"아니, 그럴 리가 없는데! 이게 무슨 일이지?"

일린은 바닥에 쓰러져 있는 권속을 이리저리 살펴보았다.

나는 입술을 깨물며 권속을 살펴보고 있는 일린을 바라보았다.

알 주골찬이 죽었다는 것을 들키는 것은 시간문제로군.

만약 일린이 물어보면 뭐라고 답해야 하지?

'사실대로 말하면 되지. 네가 죽였다고 말이야.'

"이 사람은 나를 노란색으로 알고 있을걸. 다섯 달 사이에, 그것도 고문을 받으면서 실력이 일취월장했다고 말할까?"

'그럼 그냥 모른 척해. 모른다고 잡아떼면 되지.'

"좋아."

일린이 관찰을 끝냈는지 심각한 얼굴을 하면서 내게 다가왔다.

"아무 상처도 없소. 그야말로 돌연사한 것이오. 알 주골찬이 죽은 것 외에는 권속이 돌연사 할 만한 이유가 없는데, 혹시 알고 있는 것 있소?"

"최근 들어 알 주골찬이 보이지 않았습니다. 언뜻 듣기로는 람부르트로 전쟁을 하러 갔다고 하던데, 거기서 죽은 것 같은데 말이죠. 저도 감시가 약해진 틈을 타서 빠져나온 겁니다.

"아! 그렇군! 알 니헬이라면 알 주골찬을 죽이고도 남을
만한 악마지. 그렇다면 알 니헬이 돌아온 것인가. 흐음."

일린은 볼을 긁적이며 잠시 생각에 잠기더니 이내 고개
를 끄덕였다.

"아무튼 다행이오. 그놈이 죽다니. 그런데 고문을 당했
는데 몸이 멀쩡한 것 같소."

"아, 녀석이 고문을 하고 몸을 치료하는 것을 반복적으로
했습니다. 마침 다시 고문을 하기 전에 빠져나올 수 있었습
니다."

"하늘이 도왔다는 것 말고는 할 말이 없군. 정말이지 다
행이오! 그나저나 당신도 펜서라는데 직급이 어떻게 되
오?"

"노란색입니다."

그러자 일린이 놀랐는지 눈을 동그랗게 뜨며 말했다.

"아니, 산도님께서 일개 노란색을 구하려고 했던 거야?
멍청하신 건지, 성자와 같은 마음을 가지고 계신 건지 모르
겠군."

일린은 고개를 가로젓더니 내 어깨를 두들겼다.

"아무튼 수고가 많았어. 딱 봐도 내가 나이가 많으니까
말을 놓도록 하지. 직급도 높고 말이야."

"예."

"도대체 어쩌다가 이곳으로 끌려온 거야?"

"저는 람부르트 소속이었는데 흘든 님의 임무 수행을 보조하다가 잡혀왔습니다."

"쯧쯧. 험한 곳에 배정받았군. 상부에 미운 털 박힐 만한 일을 한 거 아냐? 어쩌다 노란색이 람부르트로 갔대."

"그러게나 말이에요."

나는 어깨를 으쓱이며 대답했다.

그때 알 노이굽스가 말했다.

'거짓말이 능숙하군그래.'

"너보다 능할까."

"뭐라고?"

그때 내가 작게 얘기한 말이 들렸는지 일린이 나를 돌아보았다.

"아, 아닙니다. 다섯 달 동안 그곳에 갇혀 지내면서 혼잣말하는 버릇이 생겨서 말입니다."

"이런, 쯧쯧. 돌아가면 내가 정신 치료에 일가견이 있는 마법사를 소개해 주도록 하지."

우리는 여유롭게 걸어서 알 주골찬의 실험실 일대를 빠져나갔다.

일린이 땅굴로 들어가기 전에 권속 시체를 발견하지 않

앉더라면 꼼짝없이 기어갈 뻔했는데 정말 다행이었다.

그 일대를 빠져나오자 일린이 수풀 속에 숨겨 놓은 마차를 끌고 나왔다.

"말은 어디 있습니까?"

내가 묻자 일린이 씨익 웃더니 휘파람을 불었다.

히히힝—!

그러자 저 멀리서 말 한 마리가 바람처럼 달려왔다.

일린은 말의 갈기를 손바닥으로 쓸더니 내게 말했다.

"말 중에서도 가장 영리한 종마다. 풀어놓으면 알아서 먹이를 찾아 먹지. 부르면 이렇게 달려오고 말이야."

"정말 편하겠습니다."

"나같이 추적이나 잠복을 주로 하는 자들에게는 꼭 필요한 말이지. 자, 어서 돌아가자고!"

일린이 말 위에 마구를 씌우고는 마차와 연결시켰다.

"제가 마차를 몰겠습니다."

"오, 그래준다면 고맙지."

나는 일린으로부터 채찍을 넘겨받은 후 마부석에 올라탔다.

마음 같아서는 그냥 안에 타고 싶었지만 착한 일을 하고 싶었다.

괴물이 되어가고 있는 마음에 대한 일종의 반항심이랄

까. 아직 인간적인 마음을 가지고 있다고 발악하고 싶었다.

'그래도 넌 괴물이야.'

"아니. 되어가는 중이지."

나는 그렇게 읊조리며 채찍을 휘둘렀다.

*　　*　　*

나는 웨이스커 저택의 대문 앞에 섰다.

활짝 열린 대문은 지옥으로 들어가는 입구를 연상시켰다.

산도가 알 노이굽스의 아들임을 알게 되어서 그런 것일까.

내게 영혼의 파편이 있다는 것을 알게 되었을 때 산도는 어떤 심정을 느꼈을까.

아버지에 대한 그리움?

아니면 산도 또한 알 노이굽스의 둘째 아들처럼 아버지의 부활을 원치 않는 것일까?

산도가 날 도와주는 이유가 나중에 지옥을 탈환할 때 써먹으려고 했던 것은 아니었을까.

악마들의 영혼을 흡수하는 능력을 가졌으니 일종의 비장의 카드였을지도 모른다.

아무튼 정원을 지나 저택 앞에 도착했다.

내가 막 문을 두드리려던 찰나 문이 살짝 열리더니 전에 봤던 시종이 얼굴을 배꼼 내밀었다.

"어머나, 정말로 왔네."

"뭐가요?"

"산도님께서 손님이 왔으니 모셔오라고 하셨거든요."

나는 손가락에 끼워진 반지를 보며 고개를 끄덕였다.

위치 추적 기능이 아직 작동하나 보군.

시종을 따라 안으로 들어갔다.

놀라울 것 없이 내부 구조는 예전에 봤을 때와 달라진 것이 없었다.

"산도님, 손님을 모셔왔습니다."

"들어오세요."

시종이 문을 열었다.

나는 천천히 발걸음을 돌려 방 안으로 들어가 나를 맞이하는 산도를 바라보았다.

산도는 예의 그 커다란 창문 아래 서서 씨익 웃고 있었다.

나도 산도를 향해 마주 웃으며 산도의 본체가 어떤 모습일까 상상해 보았다.

쿵—

문이 닫히자 산도가 성큼성큼 내게 다가오더니 어깨를 부여잡았다.

　"살아 돌아왔군요! 어디 보자, 다섯 달 만이네요. 알 주골 찬의 실험실에서 베인을 빼내오다니 일린의 실력이 대단하 네요."

　"정말 죽다 살아났습니다."

　"그래요. 어서 앉으세요."

　나는 다시 성큼성큼 걸어가 창가에 걸터앉는 산도를 물 끄러미 바라보며 의자에 앉았다.

　내 몸의 변화를 산도도 눈치채지 못한 건가?

　"알 주골찬의 실험실에서 도대체 어떻게 빠져나온 건가 요? 정말 일린이 도와준 건가요?"

　"각성해서 알 주골찬을 죽이고 나왔습니다."

　내가 말하자 산도가 눈을 동그랗게 뜨며 나를 바라보았 다.

　"이런, 확실히 베나레스가 커졌군요. 그런데 지금 제정신 맞나요?"

　산도가 내 눈앞에 손을 흔들어 보였다.

　"맞습니다."

　"신기하군요. 베나레스가 측정 불가능해요."

　"각성해서 그런 것 같습니다. 조금 더 본체, 그러니까 알 노이굽스와 동기화되었다고 해야 할까요?"

"흠."

산도는 미묘한 눈빛으로 나를 바라보았다.

나는 그의 눈을 피하지 않고 마주 바라보았다.

"확실히 기세가 등등해지셨네요! 알 주골찬을 죽일 정도면 빨간색 정도는 되겠어요. 패를 새로 만들어드려야겠군요."

'왜 내 힘을 계승했다고 말해주지 않는 거지?'

머릿속에서 알 노이굽스의 음성이 시끄럽게 울려 퍼졌다.

나는 그의 외침에 아랑곳하지 않았다.

곰곰이 생각해 보니 알 노이굽스와의 계약 조건만 이행하면 되는 것이지, 그의 말대로 움직일 필요는 없었다.

행동 하나 하나 그의 지시를 따를 필요는 없지.

내 생각을 읽었는지 알 노이굽스가 코웃음 치며 말했다.

'발악하는군.'

발악? 그래 어쩌면 발악하는 것일 수도 있겠다. 하지만 그것 때문만은 아니다.

알 노이굽스의 힘은 내 비장의 패다.

일단은 대외적으로 빨간색 정도의 실력을 가지고 있다고

알려지는 것이 좋다.

계약 조건에 따라 산도를 도와주긴 하겠지만 본 실력의 삼 할 정도는 숨기는 것이 이 세상에서 살아남는데 도움을 줄 것이다.

"다섯 달이나 그곳에 갇혀 계셨으니 현재 상황을 잘 모르시겠죠?"

산도가 다시 창가로 다가가 앉더니 말했다.

"알 바흐레골의 군대가 남쪽으로 진군해오고 있어요. 세계수가 버티고 있어서 아직 대대적으로 악마들이 넘어오고 있지는 못하지만, 모종의 경로를 통해 조금씩 넘어오고 있죠."

그는 뒷짐을 진 채 나그렛타를 바라보며 말했다.

"알 바흐레골을 위시한 지옥의 유명한 대장군들인 알 아란과 알 비올레스도 전쟁에 참가했어요. 오백 년 전의 전쟁만큼은 아니지만, 인간들에게 심각한 위기가 도래했다고 봐도 무방하죠."

"저도 전선에 투입되는 겁니까?"

"가서 최대한 많이 악마들을 죽여주세요. 알 바흐레골의 군대를 섬멸해야 합니다."

산도가 살짝 뒤돌아보더니 말했다.

"우리 인간들을 위해서."

"물론이죠. 인간들을 위해서."

악마가 저런 말을 하니 우습군.

나는 혼자 속으로 곱씹으며 산도를 향해 살짝 미소 지었다.

'저 가식은 세월이 지나도 변하지 않았군. 산도가 확실히 정치적이야. 힘만 있었으면 지옥이 분열되지 않았을 텐데.'

알 노이굽스가 혀를 쯧쯧 하고 차며 말했다.

"베인, 북쪽의 국경지대로 가세요. 가면 친구들을 만날 수 있을 거예요."

"제리코 일행은 잘 지내고 있나요?"

"그럼요. 제리코는 또 한 번 벽을 넘어 보라색이 되었어요. 최연소 보라색이죠. 놀랍지 않나요?"

"정말 놀랍네요."

보라색이라. 24살에 보라색.

이건 정상적이지 않다. 아무리 천재라고 하지만 이런 발군의 능력을 보일 수는 없다.

내가 만나 본 보라색이 별로 없기도 하지만 제리코만큼 젊은 나이에 보라색이 된 사람은 없을 것이다.

산도도 결국에는 악마로 밝혀지지 않았던가.

보라색의 직급을 가지고 있긴 하지만 실제로는 검정색

정도 될 것이다.

제리코에게도 뭔가 있는 것일까?

아직은 알 수 없지만 뭔가 있다면 차차 알게 되겠지.

CHAPTER **03**
북쪽 국경 지대로 가다

　나는 산도로부터 항마력 망토를 보급 받고 북쪽 국경 지
대로 향하는 마차에 몸을 실었다.

　이번에 내가 받은 항마력 망토는 개량형이었는데 망토라
기보다는 피코트처럼 생겼다.

　우리가 악마들과 싸워야 할 곳이 빙하 지대라서 강력한
냉기에 저항할 수 있도록 망토를 개량했다고 한다.

　세이브릴에서 북쪽으로 올라가면 바루스 족이 살고 있던
밀림이 나온다.

　하지만 내가 그곳에 탈출할 이후, 바루스 족은 세이브릴

과의 전쟁에서 패했다.

그 결과, 바루스 족은 밀림에서 쫓겨나 어딘가로 사라졌고 밀림 초입에서 내부까지 이어지는 대로가 개통되었다.

이 대로의 개통 이유는 오직 단 하나.

밀림, 빙하, 사막, 용암 지대 이 4가지 지대로 둘러싸여 보호받고 있는 중앙의 세계수로 향하기 위해서다.

오백 년 전 악마들이 리스트리안으로 침공한 이후로, 당대의 마법사들은 악마들의 침공을 막을 수 있는 세계수를 보호하기 위해 여러 가지 조치를 취했다.

그중에 하나가 바로 밀림, 빙하, 사막, 용암의 4가지 지대.

죽음의 성역이다.

그곳이 죽음의 성역이라 불리는 이유는 험난한 자연 환경 때문이기도 했다.

하지만 '성역'이 붙은 이유는 뭘까?

그것은 바로 4가지 지대의 내부로 들어갈수록, 즉 세계수에 가까워질수록 항마력의 기운이 높아져 악마들이 더 진입하기 힘들기 때문이다.

여기서 충격적인 사실이 드러난다.

내가 밀림에 있을 때 봤던 그 식인 나무는 밀림의 가장 깊은 곳까지 아무 제약 없이 걸어 다녔다.

죽음의 성역에 대해서 정보를 얻은 뒤에 이상하게 생각하고 그 식인 나무에 대해 알아보니, 놀랍게도 식인 나무는 성역을 지키는 나무였다.

아무튼 이 성역의 수호자는 악마나 인간 가릴 것 없이 접근하는 이들을 모두 죽이려고 들었다.

그래서 세이브릴 진영에서도 밀림 내부로 들어가는데 무척 힘들었다고 한다.

'세계수라. 오랜만에 보는구나.'

알 노이굽스가 회상에 잠기며 말했다.

"그래, 세계수를 박살 내고 올라왔었지?"

'아주 힘들었지. 세계수는 자아를 가지고 있는 영체(靈體)인데다가 천계의 4천사에 버금가는 신성력을 가지고 있어서 무수히 많은 병력을 잃었지.'

자아를 가지고 있는 나무라.

그렇다면 혹시 세계수가 알 노이굽스를 기억하고 있지는 않을까?

지금의 세계수는 옛날 세계수의 일종의 자식이라고 볼 수 있지만 혹시라도 지식을 전승했다면 내가 그곳으로 갔을 때 어떤 반응을 보일지 몰랐다.

'지금의 세계수는 예전의 세계수에 비하면 보잘것없는 수준이야. 내 존재를 간파할 수 있는 생명체는 인간계에 존

재하지 않는다.'

"그럼 다행이군."

또 검은색들에게 공격당할 일은 없겠군.

그나저나 산도는 다시 지옥의 일인자 자리를 차지하기 위해 오래전부터 계획해왔던 것 같다.

산도가 개발한 항마력 망토와 여러 가지 무기는 모두 악마를 죽이기 위한 물품들이다. 또한 산도가 속해 있는 펜서는 악마에 대항하는 결사 단체다.

더군다나 펜서에는 악마들의 정신 마법을 튕겨내고, 악마들의 영혼을 소멸시킬 수 있는 유정이라는 히든카드가 있으니 알 바흐레골의 군대를 섬멸하는데 최적의 조건을 모두 갖춘 셈이다.

산도 또한 악마라는 점에서 모순적이긴 하다.

이 모든 안배들이 최후에는 자신의 목을 옭아맬 목줄이 될 거라고 그도 생각했겠지?

종국에 산도가 알 바흐레골을 무찌르고 마왕이 된다 하더라도, 산도가 이곳에서 실행한 안배들은 이제 그를 향해 칼을 겨누게 될 것이다.

잠깐.

악마의 영혼을 소멸시킬 수 있는 유정.

그녀 외에도 지구에서 넘어온 자들은 모두 그러한 능력

을 가지고 있다.

영혼목이라는 지구인 고유의 베나레스가 가진 능력이 악마의 정신 마법을 튕겨내고 그들의 영혼을 소멸시키는 것이니깐.

그렇다면 알 바흐레골을 위시한 악마들의 군대를 소멸시키기 위해 산도가 지구인들을 이곳으로 데려온 것은 아닐까?

지구인들이 이곳에 존재하는 이유. 그것이 산도의 이익과 완전히 맞아떨어진다.

"이런 젠장."

산도의 이익뿐만 아니라 인류 전체의 이익과도 맞아떨어지니 펜서의 검은색들도 그의 의견에 동조했을 것이다.

다수의 사람들을 차원이동시키는 것은 분명 어려운 일일 테니 산도 혼자만의 힘으로는 이루어지지 못했을 터.

산도는 악마를 섬멸하고자 하는 인류의 소망을 이용하여 지구인들을 이곳으로 소환, 여러 가지 대(對) 악마용 장비들을 제작하는 등 안배를 세운 것이다.

바로 알 바흐레골을 무찌르고 지옥의 일인자 자리를 되찾기 위해!

펜서, 나를 포함한 지구인들, 심지어 초월적인 힘을 가진 검은색들 또한 산도의 체스판 위에 올라가 있는 것이다.

'역시 내 아들이야. 내 힘만 계승하면 완벽한 마왕이 되겠어.'

이 가설을 입증하기 위해서는 일단 유정을 만나야 한다.

펜서의 수뇌부에서 일해 왔을 테니 뭔가 실마리를 얻지 않았을까?

나는 피코트의 깃을 세워 그곳에 얼굴을 파묻으며 바깥을 바라보았다.

점점 더워지고 있다.

*　　　*　　　*

나를 태운 마차는 밀림 한복판에 세워져 있는 초소에 도착했다.

세계수가 있는 곳으로 가기 전에 들르는 일종의 베이스캠프라고나 할까.

나는 피코트를 벗어 어깨에 걸치고 손으로 부채질을 했다.

밀림은 너무나도 후덥지근했다.

이 지독하게 습한 곳에 발을 디디자 예전의 기억들이 새록새록 떠올랐다.

회상에 잠긴 채 주변을 둘러보고 있는데 맞은편의 천막

에서 나와 마찬가지로 항마력 망토를 입은 자가 나오더니 나를 향해 걸어왔다.

그는 내 몸을 쭉 훑어보더니 물었다.

"당신이 베인이오?"

"그렇습니다."

"따라오시오."

다짜고짜 이름을 묻고는 따라오라고 하다니.

예의범절이라고는 모르는 자로군. 하지만 나는 순순히 그의 뒤를 따라갔다.

그를 따라 천막 안으로 들어갔다. 중앙에는 거대한 작전용 테이블이 놓여 있었고, 그 뒤로 사령관용 책상이 놓여 있었다.

그는 책상 서랍에서 뭔가를 꺼내더니 내게 내밀었다. 루비가 박혀 있는 패였다.

"꽤나 어려 보이는데 벌써 빨간색이군. 축하하오."

"감사합니다."

산도가 펜서에 보고를 올린 모양이다. 나는 루비 패를 받아 품안에 갈무리 한 후 사내를 바라보았다.

사내는 나를 보며 씨익 웃더니 말했다.

"나도 같은 빨간색이오. 내 임무는 이곳을 지키는 일이지. 아차, 내 이름은 스콜든."

"베인입니다."

"아무튼 우리가 마주칠 일은 없을 것이오. 자네는 세계수를 지나 빙하 지대로 갈 테니."

아하, 그래서 피코트를 준 것이군. 세계수 너머에 빙하 지대가 있을 줄이야.

"이곳에도 악마들이 있습니까?"

내가 묻자 스콜든이 고개를 저으며 대답했다.

"아니, 없소. 이곳은 2차 저지선이지. 이곳에 악마들이 득시글거린다는 뜻은 1차 저지선이 뚫렸다는 뜻이오."

상황은 암울했지만 스콜든의 표정에서는 그러한 기색을 찾아볼 수 없었다. 오히려 희망에 가득 찬 표정이었다.

"지금 그곳에서 많이들 활약하고 있습니까?"

"물론이오!"

스콜든이 고개를 크게 끄덕이더니 대답했다.

"검은색 초월자들께서도 벌써 열 명이나 군대에 합류하셨지. 또 에리카님과 같은 선각자들이 세 명 더 등장했소. 그야말로 신께서 우리를 굽어 살피고 계신다는 증거지."

선각자? 에리카는 유정 양이다.

그녀와 같은 능력을 가지고 있다면 그들도 지구인이라는 뜻이군.

"내가 듣기로 지금 빙하 지대에서는 알 바흐레골, 알 아란, 알 비올레스의 군대와 치열한 접전을 벌이고 있다고 들었소. 오백 년 동안 놈들이 강해졌는지 초월자들께서 합동 공격을 펼치셔야 겨우 상대할 수 있다고 하더군."

스콜든은 볼을 긁적이더니 이어서 말했다.

"하지만 선각자도 네 명이나 있고, 펜서뿐만 아니라 각국의 뛰어난 기사들이 아직 많이 남아 있으니 오백 년 전처럼 당하진 않을 것이오."

"확실히 그렇군요. 정말 다행입니다."

"당신도 어서 가서 악마들을 섬멸하도록 하시오. 마음 같아서는 나도 달려가고 싶지만 이곳을 지키라고 임무를 받아서 말이지."

스콜든이 안타깝다는 듯 한숨을 내쉬었다.

"세계수로 향하는 마차가 곧 출발하니 군수계로 가서 무기와 식량을 보급 받도록 하시오."

나는 천막을 나와 군수계로 가서 식량과 무기를 보급 받았다.

빨간색 직급을 달게 되면서 군부로 치자면 장교가 되었지만 핵심 전투원인 만큼 비상시를 대비해 일주일 치 식량은 항상 들고 다녀야 하는 것이다.

무기는 뭘 들고 다녀야 할까. 이제는 사실상 손톱이 더 편한데 말이지.

'야수로 변하는 마법을 익혔다고 해. 실전된 지 오래된 고대의 마법이지만, 뭐, 누가 뭐라고 하겠어? 찾아서 익혔다고 하면 되는 거지.'

수많은 무기를 앞에 놓고 고민하는 내게 알 노이굽스가 말했다.

'또 그래야 네 눈이 붉게 변하는 것을 설명할 수 있을 거야.'

"내 눈이 붉게 변한다고?"

'그래. 내 힘을 팔 할 이상 끌어올리면 눈이 붉게 변한다. 악마 중에서도 마왕의 핏줄만이 붉은 눈동자를 가지고 있지. 너는 일종의 잡종이라서 힘을 쓸 때만 눈이 붉게 변하는 거야.'

일단 눈동자가 노랗게 변하지는 않으니 악마로 오해받을 일은 없겠다.

"그런데 검은색들이 눈치채지 않을까? 너에 대한 기록이 문서화되었다면, 붉은색 눈동자가 뭘 의미하는지 그들도 알 텐데?"

'안다고 하더라도 네 붉은 눈동자가 마왕의 상징이라고 생각하지 않겠지. 그냥 늑대의 눈동자 정도로 생각할 거야.'

하긴. 눈앞의 평범한 사람이 마왕의 힘을 계승한 자라고 생각하지는 않겠군.

하지만 산도는 다르게 생각할 것이다.

그는 내 능력이 악마의 베나레스를 사용하는 것임을 안다.

각성 후 일어난 변화라고 둘러대도, 붉은색 눈동자에 대해 산도는 누구보다도 잘 알고 있을 것이다.

바로 자신의 아버지가 가지고 있던 눈동자니까.

그래도 다행인 것은 산도가 아직 세이브릴에 있다는 것이다.

그곳에서 공방 일을 지휘하느라 바쁘겠지.

그의 정보원이 내 소식을 알려 줘도 바빠서 신경 쓰지 못할 가능성도 있다.

들켜도 비장의 카드를 잃는 것뿐, 큰 지장은 없으니 그냥 마음이 가는 데로 활동해야겠다.

"출발하겠습니다."

나는 식량이 담긴 가방을 들고 허둥지둥 마차 위로 올라탔다.

아직은 덜 닦인 대로 위로 마차가 삐그덕 거리며 달려 나갔다.

세계수까지는 거리가 얼마 되지 않아서 금방 도착할 수 있었다. 울창한 밀림을 뚫고 밖으로 나오자, 내가 봤던 그 어떠한 나무보다도 높고 커다란 나무가 눈에 들어왔다.

저것이 바로 세계수.

보기만 해도 마음이 정화될 것 같은 싱그러운 녹색 풀잎이 무수히 달려 있었고, 몸통과 가지도 아주 건강해 보이는 고동색이었다.

세계수 가까이로 오자 밀림의 후덥지근함을 온데간데없이 사라지고, 싱그러운 봄날의 날씨가 느껴졌다.

마차 안에서 부채질을 하던 병사들도 환호성을 지른다.

나는 마차에서 내려 크게 기지개를 폈다.

세이브릴에서 시작해서 이곳까지 쉴 새 없이 마차를 타고 와서 상당히 피곤했다.

하품을 하며 어디로 가야 할 지 살펴보고 있는데 머리를 긁적이며 가는 꽁지머리 사내가 눈에 들어왔다. 저 머리만 봐도 누군지 알 수 있다.

"제리코!"

내가 외치자 누가 감히 내 이름을 막 부르냐는 듯한 표정을 지으며 제리코가 뒤를 돌아보았다.

"이럴 수가, 베인!"

제리코는 나를 보며 황당해하더니 허겁지겁 나를 향해 다가왔다.

그는 내 어깨를 팡팡 두드리며 외쳤다.

"살아 돌아왔구나! 난 네가 연락이 없어서 죽은 줄 알았는데."

"그걸 아무렇지 않게 말하는 건 뭐냐."

"난 죽음에 익숙하니까. 뭐, 아무튼 정말 반갑다. 루키아와 호운도 지금 이곳에 있어."

루키아와 호운까지?

빙하 지대에서 악마들을 죽이고 있어야 할 녀석들이 여긴 웬일이지?

내가 묻자 제리코가 걸어가면서 얘기하자고 손짓하며 입을 열었다.

"항마력 망토가 망가져서 새로 보급 받으러 왔어."

"바깥 상황은 어때?"

"말도 마라."

제리코가 지겹다는 표정을 지으며 말했다.

"정말 끝이 없어. 권속들도 생전 처음 보는 녀석들이 많아. 더군다나 정예병력이라서 그런지 이름 없는 악마들이 소모전에 쓰이고 있더군."

이름 없는 악마들이 약한 편이긴 하지만, 그래도 권속들보다는 월등히 강하다.

람부르트에서 이름 없는 악마를 상대했을 때 나도 상당

히 고전하지 않았던가.

지금은 물론 알 노이굽스의 힘이 있어서 이름 없는 악마 정도는 손쉽게 죽일 수 있지만, 같은 소모전에 쓰이는 일반 병사들에게는 그야말로 괴물 같은 존재인 것이다.

"지금 우리 군대에 계속해서 인재들이 영입되고 있지만, 대부분의 기사들이 소모전에 쓰이고 있어."

제리코가 이어서 말했다.

"현재 빨간색 이상의 직급과 비기로 바람을 쓸 줄 아는 기사들은 전부 작전에 투입되고 있어. 그래서 소모전에 네가 투입되었으면 한다."

"나?"

"그래. 이번에 빨간색이 되었다고 했지? 람부르트에서 살아남았으니 실력이 늘어날 수밖에! 지금 소모전은 악마 진영의 학살 수준이다. 네가 가서 막아야 해."

그 정도란 말이지.

나는 주변을 지나가는 사병들을 살펴보았다.

전쟁에 대한 두려움, 긴장감, 초조함 등의 기색은 크게 보이지 않았다.

대부분이 승리에 대한 확신을 가지고 있었다.

적어도 전쟁을 두 번 정도 겪어본 병사들만 차출되어서 인지 모르겠지만.

그래도 전쟁을 앞두면 당연히 긴장해야 한다.

이들은 겉으로만 여유로운 척하는 것이 아니었다. 무엇이 그들을 자신감 있게 만들었을까.

철저한 정보 통제가 이루어졌을 것이다.

악마와의 소모전에서 병사들은 돌아오지 못했지만, 작전에 투입된 기사들은 혁혁한 성과를 올리고 있으니 이기고 있는 줄 알겠지.

이곳에 오기 전 베이스캠프에서 만났던 스콜든이라는 사내도 마찬가지다. 그 역시 승리를 기대하고 있었다.

검은색 초월자들의 합류, 선각자들의 등장, 작전에서의 성과는 알고 있었다. 하지만 소모전에 대한 내막은 알지 못했다.

"젠장. 앞으로의 소모전에서의 승률은?"

내가 묻자 제리코가 안색을 굳히며 말했다.

"이대로 간다면 각 나라에서 장병들을 징집해야 해. 신병들을 써야 한다는 소리지. 거의 일 할 수준이다."

제리코가 내 어깨를 움켜잡았다.

"지금 소모전에서는 영웅이 필요하다. 난 네가 할 수 있을 거라고 믿어."

"그래. 한 번 해볼게."

나는 조용히 고개를 주억거렸다.

내가 영웅?

계약을 통해 알 노이굽스의 힘을 얻게 되니 영웅이라는 말을 들을 수 있는 기회가 생겼군.

'어때, 좋잖아? 너도 한 번쯤은 영웅이 되고 싶다는 꿈을 꿔봤겠지.'

알 노이굽스가 비아냥거렸다.

놈이 비아냥거리든 어쩌든 알 바 아니다. 영웅이라는 칭호는 개나 줘버리라지.

지금 소모전에서 원하는 것은 괴물이다. 악마들을 쓸어버릴 만한 힘을 가진 괴물.

어떻게 상황은 점점 나를 괴물로 몰아가고 있었다. 힘을 가졌으면 그에 합응하는 시련과 역경이 닥치는 것일까.

내가 아무 힘이 없는 사람이었을 때, 세상은 내게 험난한 자연 환경을 던져주며 살아남기를 요구했다.

내게 힘이 조금 생겼을 때, 세상은 나를 쉬바쿰으로 보내 살아남을 수 있는지 지켜보았다.

내게 악마의 힘이 생겼을 때, 세상은 아몬과 권속들 그리고 이름 없는 악마들의 세계로 나를 집어던졌다.

그리고 마침내 내게 알 노이굽스의 힘이라는, 밸런스를 무너뜨릴 만한 힘이 생겼을 때 세상은 나를 괴물로 만들어버리기 위해 그 환경을 조성하고 있었다.

반복되는 전쟁터에서 한계를 초월한 악마들과 싸우다 보면 자꾸 알 노이굽스의 힘에 의지하게 되고, 나는 심연에 파묻히겠지.

결국 나라는 존재는 소멸되고 알 노이굽스의 힘마저 원래 있던 자리로 돌아가, 세상은 균형을 이루게 되는 것이다.

순간 소름이 돋았다. 머리가 어지러웠다.

"베인, 왜 그래?"

"나 잠깐 바람 좀 쐬고 올게."

나는 내 소매를 붙잡는 제리코를 뿌리치고 세계수를 향해 걸어갔다.

왜 세계수를 향해 걸어가는지는 몰랐다.

어떠한 생각이 들었다.

아무리 발버둥 쳐봐도 세상의 조화를 유지하고 하는 수정력 앞에서는 꼼짝도 할 수 없는 것이다.

모두 세상이 돌아가는 이치에 맞게 움직이고 있었다.

따지고 보면 오백 년 전의 전쟁도 지나치게 팽창한 악마와 인간들의 힘을 무력화시키기 위해 세상이 일으켰다고 봐도 맞아떨어졌다.

오백 년 전의 침공 결과, 알 노이굽스가 죽으면서 악마들의 세력은 와해되었고 인간들의 강성했던 제국도 분열되었다. 그리고 지금, 세상은 다시 그 수정력을 발휘하고 있었다.

'정말 내가 사고 능력도 확장시킨 건가. 그걸 깨닫다니 놀랍군.'

아까 전의 비아냥거리던 말투와 달리 알 노이굽스가 차분한 어조로 말했다.

'산도가 쫓겨난 것도, 그래서 네가 이곳에 온 것도, 내가 너의 몸속에 들어가게 된 것도 모두 예정된 일이었다. 이 모든 과거, 현재, 그리고 미래의 기록들은 우주의 이치에 기록되어 있지.'

알 노이굽스가 이어서 말했다.

'이건 내가 오백 년 동안 차원을 표류하며 얻은 이치인데, 아무래도 나와 동기화가 되면서 무의식중에 네가 익힌 것 같군. 자, 소감이 어때.'

"공허하군. 어찌 되었든 세상의 수정력 앞에 계획된 모든 행동은 그 틀 안에 움직일 텐데. 내가 존재하고, 또 행동하는 이유는 그 틀 안에 맞아떨어지기 위함인가?"

'그렇다. 우리는 주체적으로 행동에 옮기고 있다고 생각하지만 그것 또한 이미 예정된 일이지.'

"정녕 세상의 수정력 앞에 굴복할 수 없는 건가?"

'그렇다. 그 어떠한 변수가 되었건 그것 또한 예정된 일

이니, 수정력을 벗어나는 일은 존재할 수 없다. 만약 그것이 존재한다면 세상은 그것을 지운다.'

"계약의 불이행으로 사라지는 것과 같은 이치인가?"

'그래. 세상이 유지하려는 조화를 깨려고 할 때, 세상은 그 원인을 제거한다. 철저하게. 무감정적으로. 완벽히.'

정말 공허하군.

생각해보니 내가 지금 여기 있는 것은 계약을 이행하기 위함이다.

하지만 계약마저 계획된 것이라면 정말 내가 주체적으로 행한 것은 아무것도 없는 것인가?

그렇다면 내가 소모전에 참가해서 사람들의 목숨을 구하는 것은 어떤 의미를 가지고 있는 거지?

악마들의 지나친 학살로 밸런스가 무너지려 하자 내가 이곳에 오게 된 것인가?

내가 소모전에 참가하는 것은 밸런스를 유지하기 위해서? 만약 내가 이 자리에서 도망쳐 버린다면 어떻게 될까.

그래도 나를 대신할 누군가가 와서 소모전의 영웅이 되겠지?

그것이 제리코가 될 수도 있고, 루키아가 될 수도 있겠다.

그럼 도망쳐 버린 나는 어떻게 될까.

세상의 조화는 결국 유지되었으니 제거되진 않겠지만, 양심적인 가책과 온갖 비난을 듣고 사회로부터 추방당하겠지?

이것 역시 일종의 제거 아닌가.

세상이 만들어낸 인간들의 법칙과 규범, 그 틀에서 제거되는 것 아닌가.

결론을 내리자면, 이치를 거슬러서는 이 세상에서 '생존'할 수 없는 것이다.

이 세상에서 살아남으려면 이치에 따르고, 예정된 일에 따라야 하며, 인간이 만들었다고 생각하지만 배후에는 세상의 조작이 가해진 사회의 틀 안에서 살아야 하는 것이다.

"지독하군."

'정말 빈틈이 없지. 세상은 그런 존재야. 진정한 신이지. 지금 천계에 있는, 신이라고 불리는 놈도 사실은 세상의 이치에 따라 움직일 뿐이야. 가장 선(善)한 존재일 뿐, 나처럼 감정을 가지고 있으므로 신이라고 할 수 없지. 사실 이쯤 되면 선과 악의 구분도 무가치하게 느껴지지 않나? 악(惡)의 대명사인 마왕도, 선(善)의 대명사인 신도 세상의 이치 아래 움직이는데 그 어떠한 선과 악이 절대적일 수 있겠나?'

"없지. 모두 계획된 거야. 세상의 조화라는, 궁극적인 이치를 위해 모두 조작되고 있는 거야."

'맞아. 그래서 이 세상은 허상의 세계다. 너는 허상의 세계로 들어온 거야.'

"그 뜻은 지구는 다르다는 건가?"

'아직은 모르겠다. 하지만 너를 매개체로 지구라는 곳을 접하게 되었을 때 이질적인 것을 느꼈어. 이곳의 수정력과 그곳의 수정력이 다르다는 것을. 내가 세운 가설인데, 일종의 차원을 관장하는 관리자가 있는 것 같다. 이 허상의 세계를 관리하는 녀석은 지독하게도 조화를 추구하는 변태가 틀림없어.'

"그 이유가 뭐지?"

'이 세상에서 땅이 생기고, 하늘이 생기고, 생명체가 태어난 이후로 단 한 번도 조화가 깨진 적이 없다. 암흑의 시기가 도래하면 반드시 빛의 시기가 도래했지.'

"그건 지구도 마찬가지인데."

'물론 관리자다 보니깐 조화를 유지하려고 노력하겠지. 하지만 다른 차원의 존재, 이를 테면 너 같은 존재들을 끌어들이면서까지 조화를 유지하려고 한다? 이건 약간 변태 같은 생각이라고 보는데.'

머리를 세게 한 대 얻어맞은 기분이었다.

그렇다. 내가 이곳에 오게 될 수 있었던 이유도, 차원을 관장하는 관리자의 허락이 있었기 때문이다.

만약 그것이 세상의 수정력에 어긋나는 일이라면 나는 이곳에 오기 전에 소멸되거나, 이곳에 올 수 없었을 것이다.

"하지만 수정력은 감정이 없다고 하지 않았어?"

'그런 줄 알았지. 하지만 너의 존재를 알고 난 이후로 생각이 바뀌었다. 이 관리자는 변태같이 조화를 유지하려는 성격 이상자인 것이 틀림없어. 미친놈이 분명하다.'

"그렇다면 나는 어떻게 해야 하지?"

'이미 그 변태가 짜놓은 청사진 안에 들어가 있겠지만, 지금 네가 주체적으로 행한다고 생각하는 일을 해야지. 흐흐, 우습지?'

이런 젠장.

반박할 수 없다. 나는 소멸되기 싫다. 소멸되는 것이 무섭다.

인간의 감정을 가지고 있고, 자신의 생명에 대한 애착을 가지고 있으니 당연한 생각이다.

어쩌면 이렇게 생각할 수 있게 한 것도 세상의 계획일지도 몰랐다.

세상의 수정력에 거역할 수 없게 만들어 조화를 유지해 나가는 하나의 부품이 되도록 만들어낸 것일지도 몰랐다.

"개새끼."

이 세상의 수정력을 관리하는 관리자.

이놈의 엉덩이를 걷어차 줘야 한다. 하지만 어떻게?

'아서라. 나도 계속 생각해봤지만 실체도 없는 놈에게 어떻게 덤빌 수 있겠어? 물론 있을 수도 있지만 나는 지각할 수 없다. 너는 지각(知覺)에 대해서 어떻게 생각하지?'

"글쎄. 내가 볼 수 있는 것들, 그리고 내가 생각할 수 있는 것들을 지각한다고 하지 않나?"

'맞아. 너의 오감각, 그리고 정신이 너의 지각을 한계 짓지. 내 지각은 평범한 감각과 정신의 수준을 넘어 다른 차원의 존재, 그리고 이 세상을 움직이는 수정력까지 미친다. 하지만 관리자를 느껴보지 못했어. 추측일 뿐이지. 따라서 만약 관리자가 존재한다면, 나보다 더 고차원적인 지각을 할 줄 알아야 해.'

"어떻게 하면 그 정도까지 지각의 범위를 넓힐 수 있는 거지?"

'흔히들 초월한다고 하지. 인간 중에서도 나 정도까지 지각하는 인간은 다섯 손가락에 꼽을 수 있을 거야. 무수한 경험과 시간을 거쳐 깨달음을 얻어야 하지. 너는 나와 동기화 되어 있으니 어쩌면, 아주 어쩌면 범위를 넓힐 수 있을지도 모르겠다. 하지만 그 이상은 나도 몰라. 깨달음이 와

야지.'

"그렇군."

나는 가만히 세계수를 올려다보았다.

어찌나 높은지 이름만 들어본 천계에 닿을 수 있을지도
모르겠다.

이 나무에서 느껴지는 신성력.

선함이 가시적으로 나타난 결정체라고 할 수 있는 이 신
성력 또한 수정력 아래 조작된 것이라니.

'아무튼 깨달음을 얻은 것을 축하한다. 정말 우연이라고
할 수밖에 없는 순간이었지만, 대부분의 깨달음은 그런 순
간에 이루어지지.'

"깨달음을 얻으면 뭐가 좋은 거지?"

'일단 나와 동기화가 더욱 완벽하게 이루어지겠지. 예전
에는 내 힘을 오 할 정도 쓸 수 있었다면, 이제는 구 할 정도
쓸 수 있을 거다. 또 세상이 조화를 이루기 위해 너를 위한
더욱 강력한 시련과 역경을 계획하겠지.'

"빌어먹을. 하나도 좋은 게 없군."

'그러니 어서 계약을 이행하고 지구로 가자고! 이 허상의
세계에 더 이상 있고 싶지 않아.'

잠깐.

내가 예정된 것은 지구로 돌아가거나, 이곳에서 소멸해

서 조화를 이루는 것이다. 계약 또한 예정된 것이니 그럴 수밖에 없다.

하지만 알 노이굽스에게 예정된 것은 소멸 혹은 수정력의 계획 아래 계속되는 전생뿐일 것이다.

왜냐하면 알 노이굽스는 이 차원의 존재니까!

그렇다면 지금 알 노이굽스는 그 수정력에 역행하려고 하는 것이다. 하지만 나의 기록을 대신 가져간다고 해서, 녀석이 진짜 내가 될 수 있을까?

이런 잔재주로 차원의 관리자를 속일 수 있을까?

차원이 방대한 만큼 기록도 방대해서 일일이 일어나는 일을 감지할 수 없는 것일까?

만약 차원의 관리자, 즉 감정을 지닌 실체가 존재해서 수정력을 관리하고 있는 것이라면 알 노이굽스는 수정력을 역행하고 지구로 갈 수 있을 것이다.

마왕답게 수정력의 모순을 잘 잡아낸 셈이다. 하지만 그것은 언제까지나 차원의 관리자가 존재한다는 가설을 전제로 깔았을 때다.

만약 차원의 관리자가 존재하지 않아, 모든 일을 완벽하게 처리한다면 알 노이굽스는 내 기록을 대신하더라도 지구로 넘어갈 수 없을 것이다.

관리자의 존재 유무.

그곳까지 지각의 범위를 넓히기 위해서는, 계약을 모두 이행해서 지구로 넘어가는 시점이 되어야 한다. 그때가 되면 진리에 접근할 수 있을 것이다.

나는 방금 내가 깨달은 이 실마리를 알 노이굽스가 알아챌까 두려웠다.

"……."

내가 가만히 있자 알 노이굽스가 말을 걸었다.

'공허하지? 그래 이해가 간다. 하지만 자살은 좋은 방법이 아니야. 계약을 반드시 이행하도록. 자살하면 계약 불이행으로 영원히 사라진다니깐.'

"그래, 자살하진 않을 거야."

좋아. 그는 모른다.

'뭘? 너, 나 모르게 자살할 거야? 같이 망하자는 거야 지금?'

"아니, 이 공허함에서 벗어날 수 있는 방법 말이야."

'아, 그래. 나도 아직은 모르겠다. 일단은 네가 가지고 있는 지구에서의 기억을 더 즐겨야겠어.'

알 노이굽스가 가끔 내 생각을 파악하지 못하는 이유를 알아냈다.

내 기억을 들여다보느라 생각을 읽지 못하는 것이었다.

"베인! 여기서 뭐해!"

그때 낯익은 목소리가 들려왔다.

옆으로 고개를 돌려 보니 언덕 위로 제리코와 루키아, 그리고 호운이 올라오고 있었다.

CHAPTER **04**
모리스 전(戰)의 영웅

"여어, 오랜만이다."

나는 루키아와 호운을 향해 반갑게 손을 흔들었다.

제리코는 뭐, 아까 봤으니…….

그런데 제리코의 모습이 이상했다.

아까 전에는 보이지 않던 이상한 기운이 보였다.

제리코의 머리 위로 소름 끼치게 생긴 악마 한 마리가 날

개를 펄럭이고 있었다.

'그래, 너도 이제야 보이는 모양이군. 저 악마는 계약

의 악마다. 제리코라는 네 친구가 악마와 계약을 맺었나

보군.'

펜서가 도대체 어떻게 돌아가고 있는 거지?

핵심 인물이라고 부를 만한 산도와 제리코 모두 악마와 연관되어 있다니.

이거 겉으로만 대(對) 악마 결사 단체지 속으로는 악마 추종자들인 건 아니겠지?

아무튼 나는 최대한 기색을 안 보이면서 그들을 맞이했다.

호운이 나를 만나서 무척 반가운지 예의 그 생기 가득 찬 미소를 지어 보이며 말했다.

"그래! 난 형이 죽지 않을 거라고 믿었어!"

그러더니 루키아를 향해 고개를 홱 돌리며 외쳤다.

"제 돈 돌려주세요!"

"이런 젠장! 베인, 왜 죽지 않은 거야!"

루키아는 얼굴을 구기며 주머니에서 금화를 꺼내 호운에게 내밀었다.

호운은 그것을 재빨리 낚아채 품안에 갈무리하며 혀를 내밀었다.

"여전히 웃기는 놈이네."

내가 피식 웃으며 말하자 루키아가 내 어깨 위로 팔을 두르면서 말했다.

"봐봐. 베인은 삐지지 않았어, 제리코. 아까 전에 제리코
가 네가 삐져서 가버렸다고 하지 뭐야."

아하. 제리코는 내가 갑자기 바람을 쐬러 가겠다고 해서
삐진 줄 알았나 보군.

제리코를 바라보자 제리코가 머쓱한 표정을 지으며 말했
다.

"아까 내가 아무렇지 않게 '죽지 않았나 보군' 이라고 말
해서 삐진 줄 알았어."

"세상에. 천하의 제리코가 그런 거로 미안할 줄 알다니.
놀라운걸!"

"놀리지 마."

내가 과장된 표정을 지으며 말하자 제리코가 얼굴을 구
기며 말했다.

"그래도 제리코님은 저나 루키아님, 그리고 형한테는 잘
대해줘요. 완전 새침데기예요."

호운이 신이 나서 말했다. 하지만 이내 거친 뒤통수 공격
을 맞아야 했다.

빠악—

"어윽!"

"아닌데. 너한테는 잘 안 대해주는데."

나는 피식 웃으며 둘이 싸우는 것을 보다가, 고개를 들어

계약의 악마를 바라보았다.

계약의 악마는 날개를 퍼덕이면서 꾸벅 꾸벅 졸다가 시선을 느꼈는지 나를 마주 바라보았다.

'내가 보이는가?'

계약의 악마가 씨익 미소 지으며 물었다. 고개를 끄덕이자 놀랍다는 표정을 짓는다.

'지각의 범위가 상당하군. 너의 머리 위에 있는 그것 때문인가?'

내 머리?

내 머리 위를 올려다보자 그곳에도 계약의 악마가 있었다.

아니, 계약의 악마로 추정되는 검은색 연기가 뭉게구름처럼 떠다니고 있었다.

'잠깐, 그건 어디서 많이 본 건데……'

계약의 악마가 나를 자세히 살펴보더니 경악하며 외쳤다.

'맙소사!'

그 소름끼치는 외침에 귀가 찌릿 아파왔다. 그러자 알 노이굽스도 내 기억을 더듬다가 방해를 받았는지 반응을 보였다.

'시끄럽게 나불대지 말고 조용히 있는 게 신상에 이로울

거야, 빌런.'

'마, 마왕이시여. 어찌 이런 누추한 그릇에…….'

'시끄럽다고 했다.'

무겁게 깔린 알 노이굽스의 목소리에 빌런이라 불린 계약의 악마가 몸을 벌벌 떨었다. 그러더니 입을 다물었다.

"어떻게 저 녀석은 너를 알아보는 거지?"

내가 묻자 알 노이굽스가 귀찮은 기색이 역력한 어투로 말했다.

'악마의 계약은 수정력만큼은 아니지만 영향력이 크다. 그래서 계약을 담당하는 악마들은 지각의 범위가 넓은 편이지. 힘은 쥐꼬리만큼도 없지만.'

그때 내가 혼잣말 하는 것을 들었는지 제리코가 내게 고개를 돌렸다.

"뭐라고?"

"아냐. 람부르트에서 생활하면서 혼잣말이 늘었거든."

나는 손을 저으며 아무렇지 않다는 듯 말했다.

우리는 함께 언덕을 내려가 막사를 이용해 임시로 만든 술집에 들어갔다.

군대를 같이 따라온 상인중에 술을 많이 들고 온 상인이 세운 막사였다.

"악마가 내 심장을 뽑으려는 순간! 내가 필사적으로 검을 휘둘렀는데 검에서 그야말로 눈부신 섬광이 뿜어져 나왔지. 그때 나는 느꼈어. 이제 섬광을 쥐어짜지 않고도 계속 사용할 수 있게 되었다는 것을."

제리코가 맥주를 쾅! 하고 내리찍으며 말했다.

저 얘기를 몇 번이나 듣고 있는 건지 모르겠군.

술에 취했는지 제리코는 했던 얘기를 반복하고 있었고, 호운은 실실거리며 고개를 끄덕였다.

루키아는 여자들을 끼고 사라진 지 오래였다.

폭탄주도 마셔서 취할 법도 했지만, 나는 알 노이굽스의 힘 때문인지 어느 정도 이상으로 취기가 오르지 않았다.

제리코도 경지가 상당해서 취하지 않을 텐데, 무슨 일이 있는지 알코올을 체외로 배출하지 않는 것 같았다.

나는 손바닥에 턱을 괴고 제리코의 머리 위에서 날개를 펄럭이고 있는 빌런을 바라보았다.

계약의 악마들을 싸잡아서 빌런이라고 부르는데, 도대체 제리코는 어떤 악마와 계약을 맺은 것일까.

제리코 머리 위의 빌런을 본 순간, 나는 내가 세웠던 가설이 맞았음을 깨달았다.

24살에 보라색은 지나치게 천재적이다.

고작 24년을 산 것 가지고 경지를 두 번이나 넘는다는 것은 심각한 밸런스 붕괴다.

알 노이굽스로부터 수정력에 관한 얘기를 듣고 나서는
확신했다.

계약을 통해 뭔가를 희생하고 얻지 않는 이상 저러한 천
재성은 보이기 힘들다.

물론 몇 세기에 한 번 꼴로 초천재가 나타나긴 한다. 그
건 수정력도 어찌할 수 없는 부분이라고 생각한다.

수정력은 인간의 탄생 이후를 예정할 뿐, 어떤 인간이 탄
생할 것인지를 예정할 수 없다.

그것마저 예정한다면 우리는 수정력의 꼭두각시일 뿐이
다.

제리코는 강력한 힘을 얻는 대신 무엇을 포기했을까.

이 정도의 힘을 얻기 위해서는 꽤나 직급이 높은 악마와
계약했을 터인데.

"차차 알게 되겠지… 그것 또한 계획되어 있었을 테
니."

*   *   *

아침이 밝았다.

눈을 뜨니 세계수의 끝없이 펼쳐진 나뭇가지들이 보인
다.

세계수의 꽃잎들이 풍기는 싱그러운 냄새에 아침 공기는 무척이나 상쾌했다.

세계수 밑에서 잠을 잔 것은 좋은 선택이었던 것 같다.

밤에 약간 춥긴 했지만 침낭이 있었고, 피코트도 두꺼워서 견딜 만했다.

나는 근처의 우물가를 찾아보려다가 그런 게 있을 리가 없다는 것을 깨닫고 작전 초소로 들어갔다.

작전 초소는 백여 명을 수용할 수 있을 정도로 넓었는데, 아침부터 사람들이 분주하게 활동했다.

다들 너무나도 바빠 보였다.

그래서 입구에 멍하니 서서 사람들을 관찰하고 있는데 말끔하게 군복을 차려 입은 사내가 내게 오더니 말했다.

"베인님이십니까?"

"제가 베인입니다."

"지령입니다."

사내가 손에 들고 있던 두루마리를 내게 건넸다.

인장을 찢고 내용을 살펴보니 역시나 소모전에 참가하라는 것이었다.

군사 작전에 관련하여 지식이 미천한 관계로·일개 전투원의 신분으로 참전하게 되겠지만, 형식적인 신분은 장교라고 한다.

즉, 소모전에서 내가 펼치는 활약에 따라 공정하게 공을 인정받는다는 뜻이었다.

업적에 관련하여서는 정치적인 입김이 어느 정도 작용해야 하는데, 워낙에 성적이 초라한 소모전이라 그런지 실력에 따른 공을 인정해주는 것 같았다.

"세계수의 반대편으로 가셔서 작전 사령관 레온님을 찾아가십시오."

"알겠습니다."

나는 잠시 내려놓았던 가방을 다시 매고 막사 밖으로 나왔다.

이제 전쟁이 시작되는 건가.

내 안의 괴물이 흥분했는지 심장이 쿵쾅거리기 시작했다.

마음 깊은 곳에서 으르렁거리는 괴물의 포효가 느껴졌다.

조용히 찌그러져 있어!

미쳐 날뛰려는 괴물을 진정시키고 세계수 반대편으로 걸어갔다.

세계수가 워낙에 커서 반대편으로 돌아가는데 시간이 꽤나 걸렸다.

반대편으로 가자 전쟁의 기운이 물씬 느껴지는 풍경이

모습을 드러냈다.

부상자들이 비명을 지르는 마차가 덜커덕거리며 달려오고 있었다.

마부는 다급하게 채찍을 휘두른다.

곳곳에 설치된 막사에서 짙은 피냄새가 풍겨오고, 비명소리가 터져 나온다.

군수계의 군사들이 일사분란하게 보급품을 정리하고 병장기를 창고에 넣는 모습도 보였다.

각국에서 차출된 병사들이 서로 다른 언어를 지껄이며 싸우는 모습도 보였다.

그들을 중재해주던 장교도 포기한 듯한 표정이다.

다른 한쪽에서는 다소 여유로워 보이는 기사들이 모닥불을 가운데에 놓고 빙 둘러 앉아 있었다.

확실히 빙하 지대와 연결되어 있다 보니 반대쪽보다 기온이 낮았다.

나는 지나가는 병사를 붙잡고 작전 사령관 레온의 위치를 물어보았다.

"저기 계십니다."

병사가 가리킨 곳을 보니 아까 병사들의 싸움을 중재하던 장교가 사령관이었던 모양이다.

머리가 살짝 벗겨진 그 사내는 열이 나는지 피코트를 벗어 어깨에 걸치고 눈을 지그시 감고 있었다.

"안녕하십니까."

내가 다가가며 말하자 레온이 슬며시 눈을 떴다.

"자네는 누군가?"

"펜서 소속의 베인이라고 합니다."

"아, 그 빨간색이 자네였군. 반갑네. 나는 레온이라고 하네. 펜서 소속이 아니라 색깔은 없다네."

나는 레온과 악수를 한 후 입을 열었다.

"지금 상황이 어떻게 돌아가고 있습니까?"

"최악이야."

레온이 한숨을 내쉬며 말했다.

"병사들은 사기를 잃은 지 오래고, 몇몇은 이미 탈영했으며, 그나마 남아 있는 병사들도 서로 말이 통하지 않아 단합이 되지 않고 있지."

"확실히 연합군의 가장 큰 문제는 언어죠."

"이번 전투에서 반드시 승리를 거둬야 해. 그렇지 않으면 분열은 더욱 가속화되고, 아무도 소모전에 참가하려고 하지 않을 거야. 종국에는 병사들을 강제로 차출해야 하는 지경에 이르겠지."

부담감을 꽉꽉 심어주는군그래. 레온은 내 어깨를 움켜잡으며 말했다.

"자네의 실력을 보여주게. 오늘 병사들 중에는 빨간색이 온다는 소식을 듣고 떠나지 않은 병사도 있어."

과연 내가 레온에게 말을 건 후로 내게 몇몇 시선이 집중되긴 했다.

그들을 바라보니 암울하지만 기대에 찬 눈빛으로 나를 마주 바라보았다.

하지만 몇몇은 신경도 쓰지 않고 있었고, 몇몇은 대놓고 무시했다.

"지금까지 기사들은 소모전에 참가하지 않았습니까?"

내가 묻자 레온이 다시 땅이 꺼져라 한숨을 내쉬었다.

"참가하긴 했지. 다 실력이 부족해서 죽었지만. 악마들이 어찌나 영리한지, 병사들 중에 누가 두각을 보이면 집단으로 달려들어 그자를 처치해 버린다네."

전술의 기본을 알고 있군.

어느 군대나 지휘관 혹은 가장 강한 자가 죽으면 사기가 크게 떨어진다.

"걱정 마십시오."

나는 내 어깨를 잡은 레온의 손을 잡아주었다.

그것이 약간 힘이 되었는지 레온이 구겼던 얼굴을 펴며 말했다.

"이상하게 안심이 되는군. 이전까지는 그러지 않았는데

말이지."

"언제 출병입니까?"

레온이 빙하 지대로 향하는 길목에 세워진 가로등을 가리켰다.

"저곳에 불이 들어오면."

레온의 말이 끝나기 무섭게 가로등의 불이 환하게 켜졌다.

"제기랄, 모두 준비해라!"

"마차에 올라타라!"

다른 장교들이 막사에서 튀어나오며 병사들을 독촉했다.

병사들은 저마다의 병장기를 챙기며 전투용으로 개조된 마차 위로 올라탔다.

나 또한 가까운 곳에서 출발하는 마차의 프레임을 밟고 올라탔다.

그러자 안에 있던 병사들 중에 한 명이 나를 보며 물었다.

"기사님이십니까?"

"기사는 아니오."

"그렇다면 누구십니까?"

나는 송곳니를 드러내며 웃어보였다.

"괴물."

마차는 덜커덕거리며 상당한 거리를 내달렸다.

장교는 더 빨리 가라고 독촉하지, 길은 제대로 닦여 있지도 않지, 그야말로 마부가 생고생이었다.

내 대답에 병사는 혼란스러운 듯 보였다. 잠시 생각하는 듯하던 그가 다시 입을 열었다.

"적어도 그 빨간색은 맞으십니까?"

"그렇소."

내 대답에 병사가 씨익 웃으며 말했다.

"그럼 되었습니다."

내 대답만으로 병사는 용기를 얻었는지 안색이 상당히 좋아졌다. 그 병사뿐만이 아니었다.

내가 타고 있는 마차의 병사들도 나와 병사의 얘기를 듣고 있었는지, 내 대답을 듣자 저마다 알 수 없는 미소를 지었다.

지금 내가 이 사람들의 희망이 되어준 것인가?

나는 생각했다.

이 괴물을 이용해서 누군가의 희망이 된다면, 그것이 예정되어 있는 것일지라도 의미 있는 것 같다고.

괴물이 무작정 안 좋은 것만은 아닌 거라고.

'그렇게 자기 합리화가 시작되지.'

알 노이굽스가 비아냥거렸다.

"그럼 어쩌라고."

'소멸해라.'

이런 빌어먹을 것을 계속 달고 다녀야 하는 건가?

음소거 기능이라도 있으면 좋으련만.

그때였다.

길이 점점 눈으로 덮이기 시작하고, 관목의 수가 점점 줄어들기 시작했다.

살갗이 찢겨져 나갈 것 같은 강한 눈바람이 불었고, 말들은 갑작스러운 환경 변화에 비명을 질렀다.

히히히힝ㅡ!

"워워워!"

하루에도 몇 번씩이나 가는 길인데도 말들은 아직 적응을 하지 못한 것처럼 보였다.

하지만 병사들은 달랐다.

그들은 다시금 암울한 기색을 몸 곳곳에 띄우며 묵묵히 갑옷 속에 몸을 파묻었다.

대신 예전과 다른 점이 있다면 나를 바라보고 있다는 것.

나는 그 시선을 온몸으로 느끼며 모르는 척했다.

'어때, 주목 받으니깐 기분이 좋지? 다 내 덕분이란 걸 알

아둬.'

내가 얻은 깨달음이라면 이 모든 것을 공허하게 여겨야 하겠지만, 내 수양이 깨달음을 따라가지 못하는 것 같다.

단순하게 말해서, 강력한 힘을 가짐에 따라 수반되는 이 관심이 좋았다.

생전 얻어 보지 못했던 강함, 그리고 사람들의 동경 어린 시선.

이런 기분이었구나.

하지만 그 흥은 잠시 지속될 뿐이었다.

뭔가 공허했다. 엔딩을 이미 알고 있음에도 영화를 보는 기분이랄까.

히히히힝―!

말의 비명 소리와 함께 마차는 전투 지역에 도착했다. 그 곳은 이미 피와 무수한 시체로 뒤덮여 있었다.

또한 허벅지 높이까지 쌓여 있는 눈과 매섭게 몰아닥치는 눈보라 때문에 인간들에게 절대적으로 유리한 환경이었다.

두두두두―

설원 너머로 무섭게 진군해오는 악마들의 군대가 보인다.

"전열을 갖춰라!"

"바리케이드를 점검해라! 말뚝이 제대로 박혔는지 점검해!"

장교들이 고래고래 소리 지르며 병사들 사이를 오고 갔다.

나는 어떤 종류의 악마들이 있는지 살펴보았다.

우선 아몬이 있었다. 약방의 감초처럼 빠지지 않는 녀석이었다.

그리고 날개 달린 놈들이 많았다.

두 손이 갈퀴처럼 휘어진 악마, 몸이 곰처럼 크고 팔뚝은 통나무만 한 거대한 악마, 녹색 화염으로 몸이 활활 타오르는 악마가 있었다.

그 어떤 악마들보다도 내 시선을 사로잡는 악마들이 있었는데, 딱 봐도 가장 강력한 놈들이었다.

멀리서도 샛노랗게 빛나는 눈을 가진 사마귀처럼 생긴 악마와 사이클롭스처럼 눈이 한 개만 달린 거대한 악마였다.

특히 이 외눈박이 거인은 두 손에 거대한 쇠망치를 들고 있었는데 어찌 된 일인지 거인의 몸집보다도 훨씬 컸다.

저걸 도대체 어떻게 들고 다니는 거지?

두두두두—쾅!

악마의 선발대와 바리케이드가 거친 타격음과 함께 격돌

했다. 전쟁이 시작되었다!

퓨슈슝—

날아다니는 악마들을 떨어뜨리기 위해 무수히 많은 화살들이 허공을 가로질렀다.

화살비가 쏟아져 올라간 만큼 상당한 수의 악마들이 날개에 구멍이 뚫려 추락했지만, 죽은 만큼 어디 선가 또다시 날아왔다.

끝나지 않는 전쟁.

어느 한쪽의 병력이 바닥나기 전까지 끝나지 않는 전쟁이다.

나는 막 도착했지만 그 지긋지긋함을 몸서리치게 느낄 수 있었다.

일단 적들의 우두머리부터 죽여야겠군.

외눈박이 거인이 첫 번째 대상이다.

몸집이 산만하고 쇠망치를 휘두를 때마다 병사들이 허공을 날아다녀서 사기 진작용으로는 딱이었다.

나는 알 노이굽스의 힘을 천천히 끌어올렸다.

검은색의 울창한 숲이 무의식 속에 떠오르며 혈관을 타고 강력한 힘이 내달렸다.

스르륵—

날카롭고 튼튼한 손톱이 돋아나는 것을 느끼며 땅을 박

찼다.

쿵—

내가 진각을 밟고 허공에 붕 뜨자 그 소리를 들었는지 외눈박이가 나를 향해 돌아보았다.

"크어어어어!"

외눈박이는 이게 웬 떡이냐는 표정을 지으며 나를 향해 쇠망치를 휘둘렀다.

확실히 허공에 뜬 상대는 공격하기 제일 쉬운 상대지. 하지만 알 노이굽스의 힘은 상식을 무시한다.

나는 휘둘러 오는 망치의 손잡이에 손톱을 쑤셔 넣어 그 기세를 탔다.

무지막지한 힘으로 휘둘러져서 반동이 느껴졌지만 신경 쓸 정도는 아니었다.

"크어어어!"

외눈박이가 망치 손잡이에 대롱대롱 매달린 나를 떨어뜨리기 위해 망치를 휘둘렀다.

그때 휙! 하고 외눈박이의 머리 위로 착지한 나는 손톱을 목덜미에 쑤셔 넣고 있는 힘껏 머리를 들어올렸다.

"으아아아!"

콰드득—

'무식한 놈.'

알 노이굽스가 기가 찬다는 듯이 말했다. 확실히 무식하긴 했다. 하지만 그만큼 효과적이었다.

외눈박이의 머리를 마치 잡초 뽑듯이 뽑아 버린 것이다.

힘을 잃은 외눈박이의 팔이 축 늘어졌고, 쇠망치가 바닥으로 떨어졌다.

쿵—

병사들이 비명을 지르며 떨어지는 쇠망치를 피해 달아났다. 다행히 인명 피해는 없었다.

나는 거인의 머리를 악마들을 향해 뻥 걷어찬 후 외쳤다.

"다 덤벼라!"

"와아아아아!"

전장을 위협하던 거대한 거인이 쓰러지자 병사들이 환호성을 질렀다.

그러자 허공을 날던 악마들이 내 머리 위를 배회하며 내게 위협을 가했다.

"크에에엑!"

기회를 엿보던 날개 달린 악마들이 편대를 편성하여 내게 달려들었다.

놈들은 모두 화염으로 덮여 있어서 옷에 불이 옮겨 붙으면 꽤나 골치 아플 것 같았다.

나는 무자비한 속도로 손톱을 휘둘렀다.

악마 편대가 빠른 속도로 날아왔지만 그것보다 더 빨리 손톱을 휘둘러 한 마리씩 차례대로 해치웠다.

"키에에엑!"

단번에 목이 날아간 악마들이 땅바닥에 처박히며 비명을 질렀다.

쿵—

밟고 서 있던 거인의 몸통이 그제 서야 바닥에 쓰러졌다.

내가 내려오자 지상에 있던 악마들이 기다렸다는 듯이 내게 달려들었다.

전후좌우 할 것 없이 사방에서 떼거지로 달려들었다.

뻑—

달려오는 아몬의 가슴팍을 걷어찼다. 아몬의 가슴팍이 단숨에 무너지며 뒤로 날아갔다.

녀석의 뒤를 따라오던 다른 악마들이 볼링 핀처럼 넘어진다.

내 어깨를 문 악마의 목을 몸통과 분리시킨다. 그리고 몸과 몸통을 집어던지며 다가오는 녀석들을 뒤로 한 발자국 물러서게 만들었다.

하지만 그때뿐이었다. 악마들은 해일처럼 내게 달려들었다.

다수에는 장사 없다고 한꺼번에 둘러싸이자 약간의 두려움이 느껴졌다.

시야가 막히고 사방에서 악마들이 비명을 질러댔다.

"키에에에엑!"

"끼끼끼끼!"

"크케케케케!"

젠장!

나는 가슴을 쳐 내고, 목을 잘라내고, 심장을 뽑아 버리고, 다리로 걷어차며 놈들을 밀어냈다. 하지만 역부족이었다.

힘은 넘치는데 팔과 다리의 숫자가 부족했다.

이놈들을 한 번에 상대하려면 적어도 팔이 스무 개는 있어야 할 것 같았다.

'멍청아! 기사들이 바람, 파동, 섬광을 쓰듯이 너도 쓸 수 있다!'

알 노이굽스가 답답하다는 듯이 외쳤다.

그래? 한데 그걸 어떻게 쓰지?

'생각을 떠올려. 바람을 쓰고 싶으면 너의 손에서 바람이 나간다고 생각하면서 손톱을 휘두르란 말이다. 나와 거의 완벽하게 동기화가 이루어졌으니 할 수 있다.'

나는 베나레스를 떠올리듯 바람을 생각해 보았다.

제리코가 어떻게 바람을 썼지?

바람은 부드러우면서도 강하다.

그래. 산들바람이 불었지. 산들바람을 떠올리자 손끝에서 바람 한줄기가 느껴졌다.

하지만 내게 필요한 것은 산들바람이 아니다.

내게는 회오리가 필요해. 이놈들을 한 번에 날려 버릴!

모으자. 바람을 모으자.

"크에에엑!"

손톱을 휘두를 때마다 바람이 한줄기씩 모였다.

아몬의 목을 날릴 때 한줄기, 시체의 심장을 꺼내 터뜨릴 때 한줄기.

그렇게 티끌처럼 모인 바람 줄기가 마침내 폭풍이 되었다.

나는 양손에서 휘몰아치는 소용돌이를 사방으로 퍼뜨렸다.

"으랴아아!"

콰드드득—

"끼에에에에!"

무수히 모인 바람 줄기들은 저마다 한 자루의 칼이 되어 악마들에게 날아갔다.

내 주변을 에워싸던 악마들이 고기 조각처럼 산산이 분

해되었다.

다수를 상대할 때는 이 회오리가 적합하겠군.

나는 미소를 지으며 다시 바람을 모았다.

텅—

땅을 박차고 달려 나가며 손톱을 휘두르자, 생성되는 바람 줄기가 더욱 강맹해졌다.

이제는 산들바람이 모이지 않았다.

한줄기의 무서운 삭풍이 소용돌이가 되기 위해 모여 들었다.

"키에에에!"

전장을 누비며 삭풍을 모으고 있는데, 그나마 강력했던 악마 중에 하나였던 사마귀가 내 앞을 가로막았다.

나는 그 사마귀를 향해 지금까지 모았던 삭풍들을 쏘아 보냈다.

휘류류류—

콰드드드득—

사마귀는 비명조차 지르지 못한 채 조각조각 잘려져 나갔다. 강력하군.

'당연하지. 이런 조무래기들은 발가락으로도 잡을 수 있다.'

알 노이굽스가 말했다.

'약간 답답하군. 너는 확실히 싸움에 재능이 없어.'

"그게 무슨 말이지? 잘 죽이고 있는 것 같은데."

'아니지! 아까 모은 회오리를 왜 저 조무래기 하나 해치우는 데 쓴 거야! 악마들이 떼거지로 모여 있는 곳에 던졌으면 더 많이 죽일 수 있었을 텐데.'

"그렇군."

내 힘이 어느 정도인지 몰라서 그랬다.

회오리 하나면 이름 없는 악마들 쯤은 손쉽게 잡을 수 있군.

나는 곤란에 빠진 병사들을 도와주며 전장을 누비고 다녔다.

"으와아악!"

병사 한 명이 시체에 걸려 넘어지자, 그 위로 아몬들이 단체로 덤벼들었다.

바야흐로 병사의 심장이 파 먹히고, 사지가 뜯겨져 나갈 뻔한 순간!

휘류류류—

콰드드득—

내 손에서 뻗어 나간 회오리가 아몬들을 단숨에 분해시켜 버리고는, 그것에도 모자라 뒤에 있는 아몬들까지 죽였다.

"괜찮습니까?"

"아, 예, 예."

나는 병사를 일으켜 세운 뒤 다른 사람들을 구해주러 자리를 옮겼다.

모든 이들을 구해줄 수는 없었지만 제약 없이 전장을 누비며 자신의 뒤를 봐줄 초인이 있다는 것은, 사기 진작에 엄청난 기여를 했다.

병사들은 처음의 소극적인 태도와 달리 좀 더 적극적으로 전투에 임하며 악마들을 상대해 나갔다.

투창을 던져 아몬들을 꼬치처럼 꿰어 버리고는 주변을 둘러보았다.

한바탕의 허리케인이 지나간 것처럼 내 주변의 악마들은 산산이 조각나 있었다.

이전에는 악마들이 인간을 학살했다면, 지금은 내가 악마들을 학살하고 있었다.

두려움을 느끼지 않는 녀석들도 나를 보며 질렸다는 듯이 괴성을 질렀다.

나도 내가 질린다. 이렇게 무수히 많은 악마들을 죽이고 나서도 호흡 하나 흐트러지지 않았다.

'이름 없는 놈들이긴 하지만 악마다. 네가 지치지 않는 것은 내 힘이 강대해서이기도 하지만, 놈들의 영혼을 흡수

하고 있기 때문이야.'

과연 근처에 쓰러진 악마의 시체들로부터 미약한 기운이 흘러나와 내 몸속으로 스며들고 있었다.

"나는 더욱 강해지는 것인가?"

내가 묻자 알 노이굽스가 '글쎄'라고 하며 이어서 말했다.

'베나레스가 지금보다 더 늘어나진 않을 거야. 하지만 지치지 않으니깐 강해진다고 볼 수도 있지.'

그때였다.

무서운 기세로 달려들던 악마들이 언제 그랬냐는 듯 썰물처럼 전장을 빠져나가기 시작했다.

그 모습을 보며 병사들이 환호성을 질렀다.

몇몇은 울음을 터뜨리며 바닥에 주저앉았고, 몇몇은 멍하니 하늘을 올려다보았다.

이렇게, 또 하나의 전투가 끝이 났다.

나는 피코트 위에 묻은 악마의 피를 닦아냈다.

피코트는 특수 재질로 만들어져서 피가 옷에 스며들지 않고 방울방울 떨어져 내렸다.

다음 전투 때는 파동이랑 섬광도 써봐야겠다.

이런 저런 생각을 하고 있는데 근처에 있던 병사 한 명이 외쳤다.

"베인님, 만세!"

그러자 서 있을 기력이 남아 있는 병사들이 하나같이 두 팔을 번쩍 들며 따라 외쳤다.

"만세! 만세! 만세!"

"이겼다아아아!"

소모전에서의 첫 승리.

그래, 이들에게는 첫 승리였지.

감회가 다를 것이다.

나는 살짝 미소 지은 채 그들의 환호성에 답해주었다.

그때 병사들 사이로 레온이 걸어 나왔다.

살아 있는 걸 보니 다행이군.

레온은 활짝 미소 지으며 내게 걸어오더니 손을 잡고 사정없이 위아래로 흔들었다.

"베인! 정말 대단하네! 약속을 지켜주었군!"

"물론이죠."

"허허허!"

레온이 턱을 타고 흐르는 피를 닦아내더니 말했다.

"자네가 바로 이번 모리스 전의 영웅일세."

"모리스 말입니까?"

"이곳이 모리스 평원이거든."

영웅이라.

나는 희미한 미소를 지으며 고개를 끄덕였다.

엔딩을 이미 알고 있었지만 기분이 나쁘지만은 않다. 아직까지는.

CHAPTER 05

유정과 다시 만나다

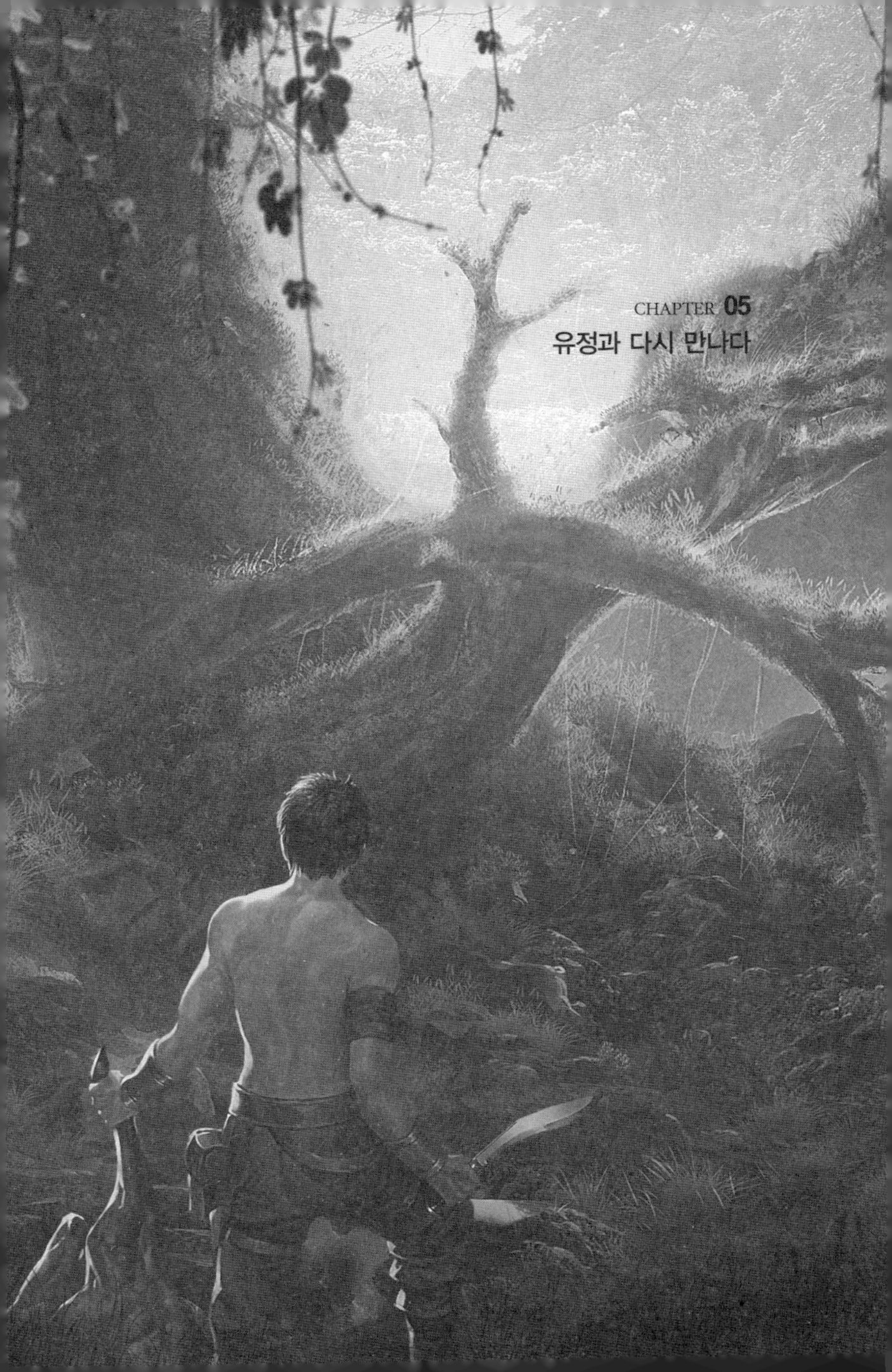

나는 어둠을 헤매고 있었다.

끝이 없는 터널을 걷고 또 걸으며 빛이 보이기만을 기다
렸다.

아무것도 보이지 않았다.

그러던 중 앞쪽에서 인기척을 느꼈다. 낮지만 거친 숨소
리 그리고 빠른 맥박이 느껴졌다.

크르르—

그것은 괴물이었다. 소름끼치는 미소를 지으며 날카로운
송곳니를 드러내며 웃는 괴물.

괴물의 이빨 사이로 침이 뚝뚝 흘러내렸다.

눈은 붉게 빛나고 있었고 검은색 털은 삐죽 삐죽 솟아올라 있었다.

놀랍게도 피부는 살구색이었는데 자세히 보니 짐승이라기보다는 인간의 모습에 가까웠다.

크크크크크─!

내가 바라보는 것을 보고 괴물이 숨죽여 웃었다.

웃어?

"멍청이."

심지어 말도 했다.

나는 어이가 없어서 괴물을 향해 물어보았다.

"넌 누구냐."

그러자 괴물이 활짝 웃으며 대답했다.

"난 넌데."

"허억, 허억, 허억!"

나는 거칠게 숨을 토해내며 눈을 떴다.

꿈이었군.

"이딴 빌어먹을 꿈 좀 꾸지 않게 해줄래?"

그러자 머릿속에서 알 노이굽스가 웃으며 말했다.

'꿈은 너의 무의식의 발현이야. 내가 조작할 수 없는 것

이지. 즉, 너는 무의식적으로 자신이 괴물임을 인정하고 있다는 거야.'

괴물! 그래 괴물이지.

모리스 전 이후로 나는 수많은 소모전을 겪었다.

그때마다 선봉에 나서서 거대한 놈들을 쓰러뜨리고, 가장 강한 악마들을 쓰러뜨렸다.

전투가 끝나면 사람들은 환호성을 지르고, 나를 향해 만세 삼창을 했다.

기분이 좋아져야겠지만 처음을 제외하고는 전혀 좋지 않았다.

오히려 그때마다 내 안의 뭔가가 산산조각 나는 느낌이었다.

싸움이 거듭될수록 나는 내 스스로를 통제하기 바빴다.

적들의 목을 뜯어낼 때마다, 적들의 심장을 조각낼 때마다 강렬한 파괴욕구가 일었다.

그것은 마치 욕정과도 같았다.

변태가 나체의 미녀를 보고 욕정을 숨기지 못하는 것처럼, 파괴의 현장 한가운데 선 나는 파괴욕구를 억누를 수 없었다.

하지만 억눌러야 했다. 억누르지 않으면 이성을 잃고 날뛸게 분명하다.

그것은 심연에 굴복하는 것이다. 내 안의 괴물에게 굴복하는 것이다.

　그렇지만 점점 억누르는 것이 힘들어진다. 괴물을 묶어두고 있는 자물쇠는 반쯤 풀린 상태다.

　언젠가 이 자물쇠가 풀리는 날이 오면, 나는 끝이 없는 파괴욕구를 채우기 위해 보이는 모든 것을 닥치는 대로 부서 버릴 것이다.

　예전에 알 노이굽스가 그랬던 것처럼. 지나온 길에는 파멸만이 남을 것이다.

　그렇다고 욕구가 충족되는 것이 아니다.

　이러한 파괴행위 또한 예정된 것이고, 파괴행위가 결코 만족을 주지 않아 종국에는 내가 소멸할 것임을 알고 있기 때문에 더욱 공허함을 느낄 것이다.

　공허해서 파괴를 통해 구멍을 채우려고 하지만 그것에서 더욱 공허함을 느낀다. 그야말로 공허함의 괴물이 되는 것이다.

　괴물이 되어 소멸하지 않기 위해서는 어서 빨리 계약을 이행해야 한다.

　내게 예정되어 있는 길은 두 갈래다.

　괴물이 되어 소멸하거나, 그전에 계약을 이행하여 지구로 돌아가는 것.

나는 침낭을 박차고 일어서서 군수계로 향했다.

보초를 서던 병사가 있었지만 내 얼굴을 알아보고는 반갑게 문을 열어준다.

양심이 찔렸다.

나를 보고 저리도 반갑게 미소 지어주다니. 내가 지금 하려는 것은 저들의 믿음을 배반하는 행위다.

가방에 먹을 것을 최대한 쑤셔 넣었다. 상하지 않는 육포와 그나마 오래가는 빵 위주로 담았다.

'어디 가려고?'

알 노이굽스가 내 기억 속에서 빠져나왔는지 말을 걸었다.

"알 바흐레골을 죽이려고. 알 아란이나 알 비올레스도 괜찮지."

'지금의 너는 전성기 때의 나만큼은 아니지만 확실히 강하다. 하지만 혼자 가는 것은 무모한 것 같은데.'

"질질 끌 시간이 없다. 사람들을 설득할 시간도 없어. 내가 갑자기 놈들을 잡으러간다고 하면 이곳은 누가 지키냐고 따지겠지. 그럼 난 할 말이 없다."

'왜 그렇게 조급해하지, 베인?'

나는 묵묵히 가방에 음식을 쑤셔 넣었다.

포도주도 한 병 넣고, 부싯깃과 부싯돌도 넣었다.

'아하, 그래. 괴물이 점점 커지고 있구나.'

알 노이굽스가 놀리듯이 말했다.

'조금만 더 기다리면 되겠는 걸?'

"닥치고 놈들의 위치를 불어."

'내가 왜? 네가 예전에 그랬잖아. 계약만 이행하면 되는 거 아니냐고. 기억나지?'

산도에게 진실을 말하지 않은 걸 가지고 물고 늘어지다니.

여기에도 딱히 할 말이 없군.

나는 가방을 짊어 매고 밖으로 나왔다.

내가 가방에 뭔가를 가득 넣고 나오자 보초를 서던 병사가 내게 물었다.

"베인님. 거기 안에 뭐가 들었는지 여쭤 봐도 되겠습니까?"

"물론입니다. 음식이 들었습니다. 부싯깃과 부싯돌, 그리고 밧줄도요."

"어디 가십니까?"

보초가 불안한 표정을 지으며 말했다. 그래. 이곳 사람들은 나를 지나치게 신뢰하고 있다.

하지만 나는 떠나야 한다.

정에 약해져 언제까지나 이곳에 머물 수 없다. 내겐 시간이 얼마 없어.

"알 바흐레골, 알 아란, 알 비올레스를 죽이러 갑니다."

"그, 그놈들은 다른 기사님들이 처리해도 되지 않습니까?"

"최대한 빨리 놈들을 해치워야 합니다."

나는 한숨을 내쉬며 뒤를 돌았다.

그때 내 등 뒤에 대고 보초가 소리쳤다.

"그럼 언제 오시는 겁니까!"

"최대한 빨리 해치우고 돌아오겠습니다."

최대한 빨리 해치우는 건 맞지만, 돌아올지는 모르겠다. 아니, 생각해 보니 돌아오지 않아도 된다.

놈들을 해치우면 놈들의 권속들도 죽을 테니, 남은 약한 악마들의 권속쯤은 다른 기사들이 해치워줄 것이다.

이제야 양심의 가책이 좀 덜하군.

좋아. 이제 놈들의 위치를 파악해야 한다.

놈들은 거물이니깐 아마 작전 초소의 지도에 기록되어 있지 않을까?

나는 작전 초소로 걸어갔다.

내게 은신 기술이 있었으면 좋겠지만 불행히도 없어서 이 방법밖에 없었다.

내가 걸어오자 작전 초소를 지키고 있던 기사 한 명이 반가운 표정으로 내게 물었다.

"어쩐 일이십니까?"

"잠시 지도에서 확인할 것이 있는데 들어가도 되겠습니까?"

"아, 죄송합니다만 참모진 외에는 작전 초소 안으로 들어갈 수 없습니다. 정말 죄송합니다."

기사가 정말 죄송하다는 표정을 지으며 말했다.

"그럼 뭐, 어쩔 수 없네요."

"예."

퍽!

나는 기사의 목덜미를 내려쳐 기절시킨 후, 뒤에 있던 다른 기사도 재빨리 제압했다.

그리고 주변을 살펴본 뒤, 아무도 보고 있지 않음을 확인하고 작전 초소 안으로 들어갔다.

'목을 내려치는데 망설임이 없군.'

알 노이굽스가 비아냥거렸다.

"네가 위치를 안 알려줘서 그런 거야. 네 잘못이다."

'점점 자기 합리화의 달인이 되어간다고 느끼지 않나?'

나는 놈의 말을 무시하고 작전 테이블을 살펴보았다. 과연 알 바흐레골, 알 아란, 그리고 알 비올레스의 위치가 기록되어 있었다.

북쪽으로 이틀거리에 알 바흐레골이 있군.

서쪽으로 하루거리에 알 아란, 동쪽으로 사흘거리에 알 비올레스.

누구를 먼저 죽여야 할까.

알 아란 쪽에는 제리코와 검은색 초월자 한 명, 선각자 한 명이 있었고, 알 비올레스 쪽에는 검은색 초월자 둘과 선각자 둘, 알 바흐레골 쪽에는 검은색 초월자 넷과 선각자 하나가 있었다.

검은색 초월자가 넷이나 붙을 정도면 알 바흐레골이 확실히 강한 모양이군.

알 노이굽스 말에 의하면 내가 강하다고 했으나, 이제 놈은 믿을 수 없었다.

만약 내가 더 약해서 죽기라도 하면 계약 불이행으로 내 영혼은 소멸할 것이다.

알 노이굽스가 원하던 것이지.

일단 객관적으로 가장 약한 축에 속하는 알 아란부터 죽여야겠다.

알 아란을 상대하면서 내 실력을 가늠해봐야겠군.

'날 믿지 않는다니. 그것 참 슬프구나.'

"닥쳐."

곰곰이 생각해 보면, 알 노이굽스가 마음에서 우러나와

날 도와준 적은 단 한 번도 없었다.

수정력에 대해 알려준 것도 그렇다.

비록 내가 그때의 이야기를 통해 깨달음을 얻었지만, 그 것과 함께 지독한 공허함을 얻었다.

알 노이굽스는 확실히 천 년을 넘게 산 악마답게 노련했다. 그중 오백 년은 차원을 떠돌며 살긴 했지만.

또 그런 말이 있지 않은가. 악마는 결코 손해 보는 장사를 하지 않는다고.

그러니 알 노이굽스의 말을 의심한다고 문제 될 것은 없었다.

오히려 더 이성적으로 움직일 수 있을 것이다.

나는 막사를 빠져나와 서쪽으로 달렸다.

악마의 힘을 잔뜩 끌어올려 다리에 힘을 주자 목적지와 거리를 쭉쭉 좁혀나갈 수 있었다.

이제 가는 길에 제리코만 만나지 않으면 된다.

검은색 초월자와 선각자쯤은 무시해 버릴 수 있지만, 제리코는 무시해 버리기에는 너무 친하다.

'무시한다는 것은 방해하면 죽이겠다는 건가?'

알 노이굽스가 물었다.

"그런 셈이지."

나는 내 입으로 말하면서도 스스로를 믿을 수 없었다. 내가 이런 말을 하게 되다니.

하지만 내 가슴 속의 괴물.

이 괴물이 점점 커지고 있었다. 놈은 날 초조하게 만든다.

영혼의 소멸.

내 지각의 범위가 영계(靈界)에 미치게 되면서 영혼의 소멸이란 것이 얼마나 무서운 것이 더욱 실감할 수 있었다.

더군다나 난 살아서 꼭 지구로 돌아가고 싶다. 이곳에서 생활하면서 단 한순간도 잊지 않았다.

'무서울 정도의 집착이군. 네가 그렇게 지구에 집착하는 이유가 무엇이냐. 네 기억을 아무리 살펴봐도 딱히 애착을 느낄 만한 구석은 없던데. 연인이 있는 것도 아니고.'

알 노이굽스가 말했다.

"간단하다."

'뭔데?'

"고향에 대한 그리움. 난 이곳에 속한 사람이 아냐. 세포 하나하나, 신경 하나하나가 이곳을 거부한다."

나는 말을 덧붙였다.

"그리고 이곳의 수정력도 마음에 안 들어."

알 노이굽스는 수긍했는지 더 이상 말을 걸지 않았다.

피코트가 빛나기 시작했다.

어느 정도 가까워졌는지 피코트의 지각 범위 안에 알 아란의 위치가 잡혔다.

어떻게 할까.

알 아란을 찾아갈까? 아니면 알 아란을 불러낼까.

알 아란을 찾아가면 제리코 일행과 부딪칠 가능성이 높았다.

불러내는 게 낫겠군.

악마를 불러내는 법은 간단하다. 악마가 호기심을 느끼게 만들면 되는 것이다.

알 아란 같은 대악마가 호기심을 느끼는 일은 거의 없겠지만, 만약 그것이 알 노이굽스의 기운이라면? 대경해서 달려오지 않을까?

나는 가만히 눈을 감고 서서 베나레스를 일으켰다.

그러자 칠흑으로 덮인 숲이 무의식 속에 떠오르며 강력한 파장을 사방으로 뿜어댔다.

투웅—

그때 내 앞으로 누군가가 착지했다.

알 아란은 아니었다.

누구지?

살며시 눈을 뜨자 육중한 덩치에 흰색 머리를 모두 뒤로 넘긴 사내의 모습이 보였다.

낯이 익었다.

사일러라고 했던가?

예전에 웨이스커 저택에서 열린 무도회에서 본 기억이 난다.

깨달음의 벽을 넘어서 시간의 흐름이 비껴가고 있다는 괴물 중의 하나.

알 아란 쪽에 있는 검은색 초월자다.

"어디서 본 기억이 나는데 말이지."

사일러가 가늘게 눈을 뜨며 내게 말을 걸었다.

"웨이스커 저택의 무도회에서 뵈었었죠."

내가 대답하자 사일러가 고개를 끄덕였다.

"맞아. 이름이 베인이라고 했던가? 그때는 별 볼일 없지만 사악한 기운은 느낄 수 없었는데, 지금은 너무나도 사악하군."

내가 보여주지 않았으면 간파해내지 못했을 테지만, 내가 보여준 이상 들킬 수밖에 없었다.

알 아란이 아니라 사일러가 달려온 것이 의외였긴 했지만.

"당신과 볼 일이 없습니다. 제가 부른 것은 당신이 아니라 알 아란입니다."

그러자 사일러가 피식 웃으며 외쳤다.

"건방지구나. 나는 안중에도 없다는 뜻으로 받아들여도 되는가?"

"많이 바빠서 그러니 이해해주십시오. 제가 사악한 기운을 가지고 있긴 하지만 결코 악마들의 편이 아닙니다. 저는 알 아란을 죽이기 위해서 왔습니다."

내 대답에 사일러가 잠깐 멈칫했다.

"알 아란을 죽이러 왔다고? 어째서?"

"전 펜서 소속입니다. 당연히 악마를 죽여야 하지 않겠습니까."

"여기는 우리에게 맡기면 되지 않나? 알 아란을 빨리 해치워야 되는 이유라도 있는가?"

나는 입술을 깨물었다.

이 노인네가 끝까지 물고 늘어지는군.

마음 같아서는 계약 내용을 말해 버리고 싶었다.

"계속 소모전을 하느라 심신이 지쳐가고 있습니다. 하루라도 빨리 이 전쟁을 끝내고 싶군요."

"광오하군. 자네의 힘으로 이 전쟁을 종결시킬 수 있다고 생각하나?"

"물론입니다."

그러자 사일러가 크게 웃었다.

"하하하! 날 이긴다면 순순히 보내주도록 하지. 어떤가?"

"좋습니다. 약속은 지켜주십시오."

"푸헐. 간이 배 밖으로 튀어나온 놈이군. 일단 네놈을 잡아서 선각자에게 데려가야겠다."

사일러가 깍지를 끼더니 고개를 좌우로 돌렸다. 동시에 전신에서 기세가 무섭게 피어올랐다.

예전 같았으면 오줌을 지렸겠지만 지금의 나는 알 노이굽스의 화신이라고 봐도 무방했다.

"선공을 허락하지."

사일러가 내게 손가락을 까딱이며 말했다.

나는 고개를 끄덕인 후 땅을 박차고 달려 나갔다.

마치 공간을 뛰어넘는 듯했다.

나는 잔상조차 일으키지 않으며 단숨에 사일러의 눈앞에 도달했다.

"헛!"

사일러가 기겁하며 상체를 뒤로 젖혔다. 내 손톱이 아슬아슬하게 그의 경동맥을 스치고 지나갔다.

휙—휙—

나는 연달아서 손톱을 휘둘렀다.

사일러는 땀을 삐질 흘리며 연달아 뒷걸음질 쳤다.

미꾸라지 같군.

힘을 좀 더 끌어올렸다. 그리고 그 힘을 응축해서 있는 힘껏 정권을 내질렀다.

피잉—

손톱 끝에서 섬광이 일어나며 공간을 살라먹는다.

쩌엉—

사일러가 눈부신 속도로 발도하며 내 공격을 받아쳤다. 그리고는 뒤로 훌쩍 물러나더니 헛웃음을 들이켰다.

"허허. 무시해서 미안하다. 제대로 임하겠다."

나는 초조한 눈빛으로 사일러를 바라보았다.

비록 알 노이굽스의 베나레스 덕분에 힘과 속도 측면에서는 내가 압도하고 있을지라도 살아온 세월 차이가 심했다.

사일러는 70년이라는 긴 세월을 살아오며 끊임없이 자신을 갈고 닦았다.

그야말로 돈오(頓悟)의 세월을 살아온 것이다.

한 자루의 완벽한 검. 사일러를 보면서 느낀 생각이다.

"간다."

사일러가 검을 휘둘러왔다.

그의 검에는 그가 살아온 칠십 년의 인생이 담겨져 있었다.

부우우웅—

검이 부르르 떨리며 파동을 터뜨리는 것 같더니,

파앙—

이내 바람 터지는 소리와 함께 검끝에서 섬광이 뿜어져 나왔다.

저건 말도 안 된다.

바람과 파동, 그리고 섬광을 한 공격 안에 담아내다니. 저게 가능한 공격이란 말인가.

나는 내가 끌어올릴 수 있는 최대의 힘을 끌어올려 공격을 막았다.

열 개의 손톱에서 일제히 섬광이 터져 나오며 빛무리를 만들어냈다.

쿠구구궁—

빛으로 뒤덮인 한 자루의 검이 내 열 개의 빛무리를 하나씩 깨뜨렸다. 이대로 가다가는 죽을 수도 있다.

다시 한 번 손톱을 휘둘러 또 다른 열 개의 빛무리를 만들어냈다.

그 바람에 원래 있던 빛무리가 사라지면서 검은 코앞까지 당도했다.

"으아아아!"

이차적으로 만들어낸 빛무리 덕분인지 묵묵히 다가오던 검이 멈춰 섰다.

검은 내 미간을 거의 1㎝ 정도 남겨둔 채 허공에 둥둥 떠

다녔다.

파지지직—

검과 빛무리가 마찰하며 일어난 푸른 불꽃이 사방으로 튀었다.

"이걸 막아내다니, 놀랍군."

사일러가 그렇게 말하고는 검을 회수했다.

그와 동시에 압박감이 사라지는 것을 느끼며 나는 털썩 무릎을 꿇었다.

"악마의 힘으로 기사들의 비기를 쓰다니. 도대체 네 정체는 무엇이냐? 너 같은 악마는 들어보지도 못했다."

'소양이 낮군. 오백 년 전에 바로 나, 알 노이굽스가 그러했는데 말이지.'

알 노이굽스가 머릿속에서 킬킬거리며 웃었다.

이런 젠장.

알 노이굽스가 내게 사기를 쳤다.

뭐? 내가 강하다고? 검은색 초월자 하나 이기지 못하는데?

'진정해. 난 네가 강하다고 했지 알 아란이나 검은색 초월자를 이길 수 있을 정도라고는 안했어. 그런데 저 사일러라는 놈은 초월자 중에서도 무척 강한 편이군.'

나는 심호흡을 하며 다시 베나레스를 일으켰다.

아까 전의 공격으로 상당히 쪼들리긴 했지만, 아직 버틸 순 있었다.

내가 자리에서 일어나자 사일러가 피식 웃었다.

"용케도 일어나는군. 하지만 너는 졌다. 내가 아까 한 번 더 검을 휘둘렀으면 말이야."

"하지만 당신은 휘두르지 않았죠."

그래서 난 살았지.

베나레스를 이용해 훌쩍 뒤로 물러났다.

내가 갑자기 뒤로 물러나자 사일러가 당황한 표정으로 외쳤다.

"어디 가나!"

"도망쳐야죠."

나는 뒤도 안돌아보고 쌩 도망쳤다.

사일러의 손에 잡혀서 선각자에게 끌려가면 순식간에 내 베나레스를 잃고 말 것이다.

알 노이굽스의 베나레스인만큼 어떻게 될지는 모르겠지만 어찌 되었든 심각한 타격을 입을 것은 자명했다.

뒤를 힐끗 살펴보니 사일러는 쫓아오지 않는 것 같았다.

"제기랄."

나는 바위 위에 털썩 주저앉아 손톱을 살펴보았다. 아까 전의 공격으로 손톱 두 개가 부러져 있었다.

재생하려면 시간이 꽤나 걸리겠군.

그런데 그때 후드를 뒤집어 쓴 누군가 빠른 속도로 내게 다가왔다.

사일러인가? 젠장. 방심했군.

황급히 자리에서 일어나며 손톱을 뽑았다.

"저예요, 우성 씨."

"…유정 양?"

후드를 벗으며 내게 걸어온 사람은 유정이었다. 유정은 급히 달려왔는지 거칠어진 호흡을 가다듬으며 말했다.

"왠지 익숙한 느낌이어서 와보니 역시 우성 씨였네요."

"오다가 사일러를 만나셨습니까?"

"사일러님과 마주치셨어요?"

흠, 나와 사일러가 마주친 것을 모르는 모양이군.

"예, 유정 양이 안 보이면 사일러가 다시 움직일 테니 빨리 돌아가셔야 할 겁니다."

내 말에 유정은 고개를 끄덕였다.

"알겠어요. 우성 씨가 이곳에 왜 있는지 모르겠지만, 일단 제가 우성 씨를 찾아 온 이유는 좋은 소식을 알려드리기 위함이에요."

"무슨 좋은 소식입니까?"

"우리를 이곳으로 소환한 자들을 찾아냈어요."

유정이 안색을 굳히며 이어서 말했다.

"그들은 바로 펜서의 검은색들이었어요. 정확한 이름은 모르지만 그들은 각각 대륙의 동부, 서부, 북부, 그리고 중앙을 총괄하던 자들이었어요."

"북부에도 지부가 있단 말입니까? 북쪽은 악마들의 땅 아닙니까?"

"그래서 더 놀랐던 것이죠! 악마 중에 첩자가 있는 거예요."

북부의 관리자는 산도였겠군.

본인이 악마인데다가 마왕의 첫째 아들이었으니 악마들의 땅인 북부의 정보를 쉽게 얻어낼 수 있었겠지.

"그래서 그들의 목적도 밝혀내셨습니까?"

내가 묻자 유정이 크게 고개를 끄덕였다.

"예, 예상했다시피 저희들의 능력을 이용해서 악마를 퇴치하기 위함이었어요. 우성 씨의 능력은 약간 다르긴 하지만요."

내 가설이 맞았군.

펜서가 바로 우리들을 이곳으로 데려온 자들이었어.

하지만 수정력에 대해 알게 된 지금, 그것은 더 이상 의미가 없다.

누가 되었든 우리들은 결국 이 세계로 왔을 것이다.

조화를 유지하려는 수정력에 의해서!

나는 유정을 물끄러미 바라보며 물었다.

"펜서에게 복수할 생각이십니까?"

"아니요!"

유정이 미소 지으며 대답했다.

"저와 우성 씨 외에도 지구인이 더 있었어요. 대외적으로 선각자라고 알려진 자들이 그들이죠. 우리는 펜서 내에서의 영향력을 키운 다음, 지구인들의 차원이동에 관계했던 자를 찾아내 그에게 추궁했어요."

"뭐라고 말입니까?"

"지구로 돌려보내달라고요. 그러자 그가 조만간 우리들의 힘이 필요하니 이 세계의 인간들을 위해서 그 힘을 써준다면 지구로 돌려보내주겠다고 하더군요."

인간들을 위해서? 뭔가 낯이 익은 어구인데.

"그자가 누구입니까?"

"보라색의 직급을 가지고 있는 산도라는 사내였어요. 보라색인 것을 보니 그때 당시 기술자였나 봐요."

산도! 산도와 만났단 말인가.

산도가 지구로 보내주겠다고 약속했다고?

뭔가 위험한 냄새가 풍겼다. 직감이 이 일에 더러운 암계가 숨겨져 있다고 경고했다.

"산도 말로는 알 바흐레골, 알 아란, 그리고 알 비올레스가 모두 죽는 즉시 보내주겠다고 하더군요."

자신의 적들이 모두 죽고 난 뒤에 보내주겠다는 뜻이군.

산도는 정말로 우리들을 지구로 보내줄까?

산도의 힘만으로는 우리들을 지구로 돌려보낼 수 없다. 차원에 개입하는 마법은 그렇게 녹록한 마법이 아니다.

그때 당시 참여했던 마법사들이 모두 도와준다면 모를까. 그런데 지금 유정을 위시한 지구인들은 산도에게서만 답을 받은 상태다.

"그때 당시 차원이동에 관여했던 다른 마법사들은 어떻게 되었나요?"

내가 묻자 유정이 대답했다.

"산도 말에 의하면 마법을 시전하고 나서 후폭풍으로 대부분 목숨을 잃었다고 하더군요. 그래서 지금까지 다시 그 마법을 시전 할 수 있을 만한 마법사는 산도뿐이랍니다."

후폭풍으로 죽었다고?

아니다. 산도가 미래를 위해 그 마법사들을 모두 죽인 것이리라.

산도가 마왕이 되었을 때, 그 마법사들이 지구인들을 다시 이곳으로 불러올 것을 미연에 방지한 것이다.

산도는 차원이동 마법을 혼자서 시전할 힘도 없고, 위험을 무릅쓰며 그것을 강행할 의지도 없다.

그렇다면 우리들을 지구로 돌려보내주겠다는 것은 거짓말이다. 대신 죽이겠지.

악마의 영혼을 소멸시킬 수 있는 능력을 가진 자들의 존재는 그야말로 목에 박힌 생선 가시일 테니까.

"유정 양, 산도를 믿어서는 안 됩니다."

"예? 그게 무슨 말이에요? 산도가 우성 씨를 잘 안다고 했었는데?"

유정이 눈을 동그랗게 뜨며 반문했다.

나는 숨을 한 번 크게 들이 쉬고 말했다.

"놀라지 마세요. 산도가 바로 오백 년 전의 마왕 알 노이굽스의 첫째 아들입니다."

"예? 그게 무슨 말이에요? 산도에게서는 아무것도 느껴지지 않았는데."

"설명할 시간이 없습니다. 아무튼 산도가 지구로 돌려보내주겠다는 말은 거짓말입니다. 산도 혼자서 그 마법을 시전 할 능력도 안 되거니와 그럴 의지도 없습니다. 마법을 시전해서 우리들을 보낼 바에야 죽이는 편이 더 쉽고 빠르니까요."

"예?"

내가 더 설명해 주려던 찰나, 한줄기 바람소리와 함께 멀리서 빛에 뒤덮인 검이 날아왔다.

"이런 젠장. 제 말을 명심하세요! 산도를 믿으면 안 됩니다!"

나는 베나레스를 끌어올려 손톱으로 섬광을 만들어낸 뒤 그것을 쳐 냈다.

쩌엉—

손톱이 찌르르 울릴 정도로 강력한 충격이 느껴졌다. 그 충격을 이용해 뒤로 훌쩍 달아나자, 내가 있던 자리로 사일러가 하늘에서 뚝 떨어졌다.

"제기랄."

큰일이군.

지금 유정과 다른 지구인들은 지구로 돌아갈 생각에 판단력이 흐려진 것 같았다.

지금 상황으로는 절대 내 말을 믿으려고 하지 않을 거야.

말기 암 환자에게 뛰어난 의사가 암을 치료해주겠다고 하는데 혹하지 않을 환자가 어디 있으랴.

아무리 그 의사는 돌팔이다, 수술하다가 죽을 것이라고 달래 봐도 밑져야 본전이라는 마음을 가지고 자신의 몸을 맡길 것이다.

유정과 다른 지구인들의 상황이 말기 암 환자의 상황과 같았다. 그들은 산도가 악마인 것을 모른다.

펜서 내에서 산도가 구축한 이미지는 완전히 신뢰가 가능한 사람, 항마력 망토를 만들어낼 정도로 천재적인 사람이다.

빠져나올 수 없는 함정이다.

막을 수 없어!

'아무리 생각해도 첫째 녀석은 똑똑하단 말이지.'

알 노이굽스가 흐뭇하게 웃으며 말했다.

그래. 똑똑하지. 하지만 산도가 간과한 변수가 있다.

바로 나라는 존재!

내게 알 노이굽스의 힘이 있을 줄은 꿈에도 상상하지 못하겠지.

숨겨진 힘이 있다고 하더라도 그것이 알 노이굽스의 힘일 거라고는 상상도 못 할 거야.

내가 산도를 막아야 한다. 그러기 위해서는 일단 계약을 모두 이행해야 한다. 종국에는 그 어떠한 것도 날 막을 수 없게.

하지만 지금 계약을 모두 이행하기에는 힘이 부족하다. 알 노이굽스의 힘을 완벽하게 흡수하지 못했다.

알 노이굽스의 힘을 완벽하게 흡수하려면 뭐가 필요하지?

그때 별안간 머리를 스치고 지나가는 것이 있었다.

바로 알 노이굽스의 영혼! 그의 영혼의 파편이 세계 각지에 흩어져 있었다.

그것을 모아 하나로 합치면 좀 더 그의 본체에 가까워질 수 있을 것이다.

그만큼 괴물은 더 커져만 가겠지만, 내 힘 또한 강해져 제어할 수 있을 것이다. 아니, 제어해야만 한다.

나는 조용히 눈을 감고 알 노이굽스의 영혼에 집중했다.

그러자 검은색 연기와도 같은 그의 영혼이 무의식 속에 나타났다.

검은색 연기는 자신의 완전한 합일을 원하고 있었다.

그래서 마치 인력(引力)처럼 다른 영혼의 파편들을 끌어모으고 있었다.

그것을 통해 나는 다른 영혼의 파편들이 어디 있는지 대충 방향을 가늠할 수 있었다.

대부분이 이곳 대륙의 북쪽에 있어서 다행이었다.

일단 가장 가까운 곳으로 가봐야겠군.

CHAPTER **06**
영혼의 파편 수집

나는 피코트의 깃을 세워 추위를 몰아내며 눈밭을 걸어
갔다.

눈 위를 밟으며 달려갈 수 있는 답설무흔 같은 경공이 있
다면 정말 좋겠다.

내게는 강력한 힘이 있지만 이것을 내공처럼 운용할 수
는 없었다.

처음에는 펄쩍 펄쩍 뛰어다녔지만 이 넓은 설원을 그렇
게 뛰어다니면 아무리 알 노이굽스의 힘이 강맹해도 지칠
것 같았다.

그래서 결국, 이렇게 목적지를 향해 하염없이 걸어가게 되었다.

그래도 예전 같았으면 눈이 얕게 덮인 낭떠러지라든지, 체온 저하를 걱정하고 물과 식량을 찾아다녀야 했겠지만 베나레스가 있으니 그럴 필요가 없었다.

확실히 자연환경에서는 생존율이 급격하게 올라갔다고나 해야 할까.

이제 날 위협하는 것은 이런 자연환경이 아닌 세계의 수정력이다.

뿌드득—

눈이 허벅지까지 쌓여 있으니 발걸음을 디딜 때마다 체력이 쭉쭉 빠져나갔다.

베나레스의 힘이 없었다면 이곳을 지나가다 지쳐 쓰러졌을지도 모르겠군.

나는 다시 눈을 감고 대상의 위치를 파악했다.

"어라."

대상은 내 바로 앞에 있었다. 검은색 연기가 가리키는 곳은 바로 내 앞이었다.

하지만 내 앞으로 펼쳐진 것은 눈 덮인 설원뿐. 사람이라고는 보이지 않았다.

아니, 잠깐. 사람이 아닐 수도 있지. 생명만 가지고 있으면 영혼의 파편이 박힐 수 있는 것이다.

발밑의 눈을 파내자 이끼가 군집을 이루고 있었다. 이끼에 영혼의 파편이 박혀 있다니!

영혼의 파편을 흡수하면서 헛웃음이 나왔다.

"별 이상한 데 박혀 있군그래."

알 노이굽스도 어이가 없는지 말이 없었다.

다음으로 어딜 가야 하지?

그때 검은색 연기가 어느 한쪽을 향해 격렬한 반응을 보였다.

내 눈이 무의식중에 그곳을 향했다.

그곳은 설원이었다. 그런데 흰색 설원 위로 검은색 점 한 개가 보였다.

"뭐지?"

눈을 가늘게 뜨며 바라보자, 그 점이 점점 커지더니 이윽고 사람의 형상을 그렸다.

점이 아니라 사람이었던 것이다!

사람인지 악마인지 알 수 없었지만 인간의 형상을 한 그것은 무지막지한 속도로 내 쪽을 향해 날아왔다.

"으헉."

내가 황급히 손톱을 뽑아 섬광을 일으킨 순간 그것과 나는 격돌했다.

꽈앙—

귀가 찢어질 듯한 폭발음과 함께 내 몸이 뒤로 튕겨져 나갔다.

그것 역시 상당한 충격을 받았는지 비틀거리며 설원 위로 착지했다.

그것은 바로 악마였다.

회색빛 피부에 샛노란 눈동자. 관자놀이에 달려 있는 뿔에서는 검은색 연기가 쉴 새 없이 흘러나왔다.

나는 녀석이 상당히 강력한 악마임을 알 수 있었다.

어쩌면 알 바흐레골, 알 아란, 알 비올레스만큼 강한 악마일수도 있겠다.

가만히 침묵을 지키고 있던 알 노이굽스가 반가운 어투로 말했다.

'알 게르히놈이군. 알 라스트로트가 영혼의 파편을 찾으라고 인간계로 보낸 모양이야.'

알 게르히놈이라고 불린 악마가 날 유심히 바라보더니 말했다.

"정체를 밝혀라. 어째서 너에게서 알 노이굽스님의 기운이 느껴지는 거지?"

난 재빨리 머리를 굴렸다.

알 게르히놈은 나보다 강한 게 확실하다. 방금 전의 격돌로 힘의 차이를 분명히 느꼈다.

따라서 도망쳐야 하는데 도망칠 상황이 아니다.

그렇다면 어떻게 해야 하지?

침착하게 생각해 보자.

녀석이 내게 정체를 물어본 것으로 보아 그 역시 내 안에 진짜 알 노이굽스가 있다는 것은 간파하지 못한 것 같았다.

이걸 잘 이용하면 될 것 같군.

"내 이름은 알 베인. 너와 마찬가지로 알 라스트로트님께서 보내셨다."

"헷갈리는데. 풍기는 기운은 분명히 악마지만 어째서 인간의 냄새가 나는 거지?"

나는 알 노이굽스의 힘을 있는 대로 끌어올렸다. 그러자 눈이 붉게 변하고 피부가 서서히 회색빛으로 물들었다.

알 게르히놈은 내 변화를 보더니 화들짝 놀라며 외쳤다.

"붉은 눈동자라니! 어떻게 된 일이지?"

"알 노이굽스님으로부터 명령을 받았다. 그분의 능력을 잠시 동안 계승하여 나머지 영혼의 파편을 모으고, 진정한 군주께 전해주는 것이 내 임무다."

"진정한 군주라면 알 산도리누스님을 말하는 건가?"

알 산도리누스? 산도의 진짜 이름인가 보군.

"그렇다. 모든 것이 알 노이굽스님의 뜻이지."

그때 알 노이굽스가 피식 웃으며 말했다.

'너 지금 뭐하는 거냐?'

나는 알 노이굽스의 말을 무시하고 알 게르히놈을 노려 보았다.

알 게르히놈은 생각에 잠긴 듯하더니 자신의 뿔을 긁적 였다.

"그래? 일단 절차상 알 라스트로트님께 가서 확인해 봐 야겠다."

"아니! 지금 그럴 시간이 없다! 펜서 놈들이 영혼의 파편 을 계속해서 소멸시키고 있다. 알 노이굽스님께서 완전한 부활을 하셔야 하지 않겠나?"

"음, 그것도 그렇군. 좋아, 일단 너에게 내 것을 넘겨주겠 다. 빨리 움직이도록. 나는 알 라스트로트님께 갔다 온 후, 너와 합류하겠다."

알 게르히놈은 그렇게 말하더니 내게 손을 뻗었다. 그러 자 그의 손에서 검은색 연기가 휘몰아치더니 내 몸속으로 스며들었다.

쩌적—

상당한 양의 영혼의 파편이 들어오자 의식 세계에 금이 간 듯한 충격이 느껴졌다.

"크흡."

"괜찮나? 그릇이 작아 보이는데 너무 막중한 임무를 짊어진 것 같군. 알 노이굽스님이 왜 너를 전달자로 선택하셨는지 모르겠다."

알 게르히놈이 미간을 찌푸리며 말했다. 나는 코에서 흘러내린 피를 손등으로 훔치며 고개를 가로저었다.

"괜찮다. 어서 가보도록."

"그래. 그런데……."

갑자기 알 게르히놈이 내 손을 확 잡아챘다.

그는 내 손등에 묻은 붉은색 핏자국을 보더니 경악하며 외쳤다.

"피가 붉어? 너, 설마 인간이냐?"

"젠장."

베나레스를 극한으로 끌어올린 상태였기에 나는 바로 알 게르히놈을 향해 섬광을 뿌렸다.

쩡―

"크악!"

그야말로 광속으로 후려친 일격이라 알 게르히놈은 막아내지 못하고 뒤로 날아갔다.

나는 알 게르히놈이 뒤로 날아가자마자 바로 땅을 박차고 날아가 놈을 바닥에 메다꽂았다.

쿵―

쩡—

"큭."

메다꽂는 것은 성공했지만, 알 게르히놈은 땅바닥에 부
딪치면서 손톱을 뽑아 내 목을 후려쳤다.

다행히 왼팔을 들어 막아냈지만 충격이 상당했다. 이래
서는 기습을 한 이득이 없군.

내가 뒤로 물러나자 알 게르히놈이 벌떡 일어나며 고개
를 좌우로 꺾었다.

"하, 젠장. 인간에게 속아 영혼의 파편을 넘겨주고 말았
군. 혹시나 해서 미량을 남겨두길 잘했다. 네놈이 어떻게
그 힘을 얻었는지는 모르겠지만 내가 회수해가도록 하겠
다."

이런 젠장.

알 게르히놈에게 힘을 빼앗기면 끝이다. 계약 불이행으
로 영혼이 소멸하게 되는 것이다.

'녀석. 언제 저렇게 컸대.'

알 노이굽스는 이 상황이 웃긴지 킬킬거리며 말했다.

큰일이다.

알 게르히놈이 나를 향해 성큼성큼 다가왔다. 나는 그만
큼 뒷걸음질 치며 거리를 쟀다.

방금 전 흡수한 영혼의 파편으로 내 힘이 강해졌을까? 베

나레스를 끌어올려보았으나 딱히 큰 차이점은 못 느꼈다.

'바로 강해질 리가 없지. 내가 그만큼 더 동기화를 해야 강해지는 거야.'

"그럼 빨리 동기화를 해!"

'싫은데.'

이 개자식. 누가 악마 아니랄까봐 더럽고 치사하군.

"그나저나 그 섬광은 뭐냐. 그것도 알 노이굽스님의 능력인가?"

알 게르히놈이 손톱으로 뿔을 긁으며 다가왔다.

"몰라도 된다!"

나는 손톱으로 섬광을 뿜어내며 알 게르히놈을 향해 달려갔다.

그는 내가 달려오는 것을 보더니 한 번 코웃음치고는 마찬가지로 손톱을 휘둘렀다.

쩡—

"큭!"

손톱이 부러질 것 같다.

방금 전의 격돌로 받은 충격이 꽤 큰지 팔이 부들부들 떨렸다. 하지만 알 게르히놈은 멀쩡해 보였다.

어째서? 알 노이굽스의 베나레스를 바탕으로 비기까지 사용하는 내가 어째서 저놈보다 약한 거지?

"쯧쯧. 그런 잔재주는 통하지 않는다."

"잔재주가 아니라 비기다."

"인간들이나 그런 겉멋에 집착하지. 아, 너 인간이었지."

알 게르히놈이 혀를 차며 말했다.

"쯧. 순순히 알 노이굽스님의 힘을 내놔라. 그럼 고통스럽지 않게 죽여주마."

"이래나 저래나 죽는다면 발악이라도 해보고 죽겠다."

나는 천천히 베나레스를 끌어올렸다.

알 노이굽스가 동기화해주지 않으면 이건 불 속으로 화약을 짊어지고 뛰어드는 것과 마찬가지다.

생각해 보자.

따지고 보면 알 노이굽스는 내 정신 속에 기생하고 있는 것이다.

그럼 내가 강제로 동기화를 이룰 수 있지 않을까?

그의 정신력이 막강하다한들, 이 몸의 주체는 바로 나다!

이건 예전에 내가 처음 악마의 베나레스를 제어하려고 했을 때와 같은 상황이다.

나는 다시 알 노이굽스의 영혼을 떠올려 보았다.

무의식 속에 둥둥 떠 있는 검은색 연기.

그 연기에서 느껴지는 힘은 강맹했다. 차마 덤빌 엄두가 나지 않았다.

하지만 이 몸의 주인은 나야!

나는 나만의 베나레스, 칠흑의 숲을 떠올렸다.

'지금 뭐하는 거냐.'

알 노이굽스의 말에는 아랑곳하지 않고 검은색 연기 옆에 숲을 떠올렸다. 그러자 무의식 속에 두 개의 베나레스가 동시에 떠다니기 시작했다.

'이, 이건?'

나는 칠흑의 숲에서 일제히 가지를 뽑아냈다.

셀 수 없이 많은 양의 가지들이 마치 머리카락처럼 솟아올랐다.

—흡수해버려!

내가 명령을 내리자 가지들이 일제히 날아가 검은색 연기를 옭아맸다.

'감히 내게 도전하다니!'

머릿속에서 알 노이굽스의 음성이 울려 퍼졌다. 뇌가 흔들린다고 느낄 정도로 큰 음성이었다.

'이 숲을 만든 자는 바로 나다! 내가 진정한 주인이란 말이다!'

알 노이굽스의 외침에 가지들이 주춤했다. 그 틈을 타서 검은색 연기가 재빨리 빠져나왔다.

—하지만 본질은 나다! 네가 한 일은 뼈대에 살을 붙인

것에 불과해!

나는 다시 가지들을 일으켜서 검은색 연기를 공격했다.

'이런 젠장! 알 게르히놈은 뭘 하고 있는 거야!'

알 노이굽스가 외친 순간, 알 게르히놈이 고개를 갸우뚱하고 있다가 나를 공격해오기 시작했다.

"어디다 정신을 팔고 있는 거냐!"

나는 검은색 연기를 공격하면서 동시에 알 게르히놈의 공격을 피해냈다.

이기려 들지 않고 피해내는 것에 주력한다면 얼마든지 피할 수 있다.

나와 알 게르히놈의 실력 차이는 거의 종이 한 장 차이다. 그 한 장 차이가 이기는 데에는 큰 변수로 작용하지만, 지금처럼 피하는 것이라면 변수가 안 된다.

"피하지 말고 받아 봐라!"

약이 올랐는지 알 게르히놈이 더욱 빠른 속도로 손톱을 휘두르기 시작했다.

제기랄. 빨리 저 연기를 흡수해야 한다.

나는 가까스로 알 게르히놈의 손톱을 피해내면서 계속해서 검은색 연기를 공격했다.

숲에서 뿜어져 나온 가지의 수가 상당했기에 미량의 연기를 내 것으로 만들 수 있었다.

이렇게 조금씩 뺏다 보면 언젠가 저 연기를 모두 빼앗을 수 있을 것이다.

'강제로 동기화하면 너만 손해다! 그릇이 제대로 갖춰지지 않는 상태에서 많은 양의 베나레스를 받아들이면 죽고 말 거야!'

"대신 너를 내 것으로 만들면 너도 같이 죽겠지!"

'이 미친놈!'

좋아. 이렇게까지 할 생각은 아니었지만, 모 아니면 도다.

내가 받아들이고 못 받아들이는 것을 떠나서 이 개 같은 녀석을 내 것으로 만들어야겠다.

"이익!"

한편 약이 오를 대로 오른 알 게르히놈이 힘을 극한까지 끌어올리며 손톱을 휘두르고 있었다.

그의 뿔에서 흘러나오는 연기가 이 일대를 모두 뒤덮을 정도니 화가 잔뜩 난 모양이다.

그가각—

이제 가까스로 피해내는 것도 힘들어졌다.

내가 순전히 알 게르히놈의 공격을 피해낼 수 있었던 것은 베나레스를 떠올리면서 다른 짓을 하는 연습을 많이 해 왔기 때문이다.

하지만 지금 알 게르히놈이 펼치는 공격은 더 이상 피해 낼 수 없었다.

그의 손톱이 내 몸 곳곳을 훑고 지나갔다.

그럴 때마다 강철 같은 악마의 피부가 쩍쩍 갈라지며 피가 흘러나왔다.

"그렇지! 죽어라!"

알 게르히놈이 신이 나서 손톱을 휘두르며 외쳤다.

나는 이를 악물고 남은 베나레스 한 방울까지 쥐어짜며 발악했다.

그러자 서서히 한계에 봉착하기 시작했는지 심장이 쿵쾅 거리기 시작했다.

크르르르—

괴물! 괴물의 존재를 잊고 있었다.

본능을 억누르는 동안 잠들어 있던 괴물이 슬며시 눈을 떴다.

괴물은 내가 베나레스를 아낌없이 사용하자 기쁜 듯 포효했다.

크하하하!

동시에 세 명의 적을 상대해야 하다니.

하지만 이 괴물을 억누를 수 있는 방법이 없었다.

괴물을 잠재우려면 베나레스를 사용하지 않아야 하는데,

알 게르히놈의 공격을 피하려면 그럴 수 없었다.

혹은 정신을 집중해서 평온한 마음을 유지해야 하는데, 알 노이굽스를 상대하느라 그럴 수 없었다.

크케케케―

괴물은 자신의 승리를 예감했다. 나 또한 괴물이 승리할 것임을 깨달았다.

제기랄. 이렇게 끝이 나는 건가.

결국 나는 심연에 잡아먹히고 마는 건가.

의식이 점점 흐려졌다. 그럴수록 괴물이 날뛰는 소리는 더욱더 선명하게 들려왔다.

의식이 흐려지는 가운데 내 몸은 여전히 알 게르히놈의 공격을 피해내고 있었고, 가지들은 연기를 공격하고 있었다.

그건 내가 하고 있는 행위가 아니었다.

―나와.

바로 괴물!

괴물이 내게 천천히 다가왔다. 그는 나찰 같은 미소를 지으며 나를 향해 손을 뻗었다.

―포기하고 몸을 맡겨라. 지금 네가 할 수 있는 것은 아무것도 없어.

사실이었다. 하지만 포기할 수 없었다.

—슬퍼하지 마라. 나 또한 너의 일부라고 할 수 있어. 음, 정확히 말하면 네가 가진 심연의 일부지만 본질적으로 우린 같은 존재라고.

제기랄.

불가항력적이다.

나는 천천히, 아주 천천히 통제권을 포기했다. 이제 내가 더 할 수 있는 것은 없다.

여기까지 아주 잘 달려왔어. 이런 악조건에서 지금까지 살아남을 수 있던 것도 기적이지.

난 최선을 다했다.

그런데 그때, 뭔가 차가운 것이 내 가슴을 파고들었다.

"커헉!"

"잡았다, 요놈!"

알 게르히놈이 마침내 날 찌른 것이다.

그의 손가락이 가슴뼈를 으스러뜨리고 심장을 움켜잡았다.

그 충격으로 괴물이 순식간에 모습을 감추었다.

기회다!

나는 공격을 피하는 데 쓰였던 베나레스를 끌어올려 단숨에 검은색 연기를 집어삼켰다.

'이런 제기랄!'

알 노이굽스는 이렇게 외치고는 내 영혼 속으로 사라졌다.

드드드득—

의식의 세계가 무너졌다. 사방에 금이 가기 시작하더니 천천히 조각들이 떨어지기 시작했다.

좌악—

"끄으으……."

그와 동시에 심장이 뽑혀 나갔다.

나는 빠른 속도로 사라져가는 내 생명력을 베나레스로 움켜잡았다.

"바퀴벌레 같은 녀석."

알 게르히놈이 한 손에 내 심장을 쥔 채 나를 내려다보았다.

나는 꿈틀거리면서 산산조각 나는 의식의 세계를 바라보았다.

이 순간, 내 지각의 범위는 의식과 무의식의 경계를 초월했다. 무의식의 세계가 의식의 세계처럼 실체가 되어 느껴졌다.

무의식이 의식이었고, 의식이 무의식이었다.

그것을 깨달은 순간, 예전에 알 노이굽스가 했던 말이 떠올랐다.

"사실 이쯤 되면 선과 악의 구분도 무가치하게 느껴지지 않나? 악(惡)의 대명사인 마왕도, 선(善)의 대명사인 신도 세상의 이치 아래 움직이는데 그 어떠한 선과 악이 절대적일 수 있겠나?"

세상이 선과 악을 만들어낸 이유는 뭘까? 선이 먼저 생겨서 그와 조화를 이루는 악을 만들어냈을 수도 있다.

혹은 악이 먼저 생겨서 그와 조화를 이루는 선을 만들어 냈을 수도 있다.

하지만 어떤 이에게는 악이 선이 될 수도 있고, 선이 악이 될 수도 있다.

따라서 어떤 것이 먼저 만들어졌는지, 뭐가 선이고, 뭐가 악인지 구분할 필요가 없는 것이다.

알 노이굽스는 그런 뜻에서 절대적인 기준이 없다고 말한 것이다.

선이 존재하는 것은 악이 있기 때문이며, 악이 존재하는 것은 선이 있기 때문이다. 선은 악의 원인이고, 악은 선의 근거다.

따라서 선이 있으니 악이 있는 것이므로, 선이 없으면 악도 없다. 결과적으로 선은 악이 될 수도 있고, 악은 선이 될 수도 있다.

즉, 선은 악이고 악은 선이다.

이걸 내 상황에 적용시켜보면, 괴물은 나고 또한 나도 괴물이다.

내 안에 있는 알 노이굽스도 나라고 할 수 있고, 나도 알 노이굽스라고 할 수 있다.

이 셋은 모두 하나다.

모두 상반(相反)되어 보이지만, 실제로는 상성(相成)하고 있는 것이다.

애초부터 동기화니 뭐니, 그릇이 크니 작으니 할 것이 없었다. 심연에 물드니 마니 할 것도 없었다.

알 노이굽스가 곧 나인데 그릇이 작은 걱정을 할 필요가 없다.

심연이 곧 나인데 심연에 물들 걱정을 할 것도 없다.

쿠구구궁—

그 순간, 의식의 세계가 완전히 무너졌다.

그리고 나는 지각할 수 있었다. 이 세상에 존재하는 수정력, 조화에 대해서.

조화를 이룬다는 것이 무엇인가.

네가 내가 되고, 내가 네가 되는 것이다. 그 궁극의 이치는 바로 내 안에 있었다.

쫘아악—

알 노이굽스의 모든 힘이 마침내 내 몸 안으로 스며들었다.

그의 베나레스와, 그가 가지고 있던 지식이 모두 내 안으로 스며들었다.

괴물 또한 내 안으로 스며들었다.

괴물이 가진 파괴 욕구와 본능이 내 안에 자리 잡았다.

콰득—콰드득—

몸이 세상과 조화를 이루기 시작했다.

토양이 모여 심장을 만들고, 바람이 모여 혈관을 만들고, 얼음이 모여 살점을 만들었다.

"이, 이게 뭐지?"

알 게르히놈이 당황하며 뒷걸음질쳤다.

두근— 두근—

새로 만들어진 심장이 다시금 박동을 시작했다.

원래 인간이 가지고 있던 심장에 비하면 보잘것없지만, 생명력을 유지하는데 이상은 없었다.

나는 천천히 일어나서 내 오른쪽 가슴을 바라보았다.

살점이 얼음으로 만들어서인지 흙으로 만들어진 심장이 뛰고 있는 모습을 볼 수 있었다.

심장에서 줄기차게 뿜어내는 것은 피가 아닌 베나레스였

다.

무형, 무색, 무취의 베나레스가 바람으로 만들어진 혈관을 타고 몸 곳곳을 돌아다녔다.

베나레스를 굳이 일으킬 필요도 없었다.

베나레스 또한 내 몸과 마찬가지인데 의식하지 않아도 숨을 쉴 수 있는 것처럼, 인위를 가할 필요가 없는 것이다.

"각성했군."

알 게르히놈이 병찐 표정을 지으며 말했다.

"그런 것 같군."

나는 한결 몸이 가벼워진 것을 느꼈다.

"덤빌 텐가?"

내가 묻자 알 게르히놈이 고개를 가로저었다.

"아니… 너의 그릇을 도무지 가늠할 수조차 없다. 그런 너에게 덤비는 것은 무모한 일이겠지."

그리고는 자신의 뿔을 매만지며 이어서 말했다.

"그럼… 알 노이굽스님은 어떻게 된 건가?"

"알 노이굽스가 곧 나이고, 내가 곧 알 노이굽스다."

"그렇다면 네가 알 노이굽스님의 계승자인가?"

그의 물음에 나는 대답할 수 없었다.

아직 계약은 유효하다.

수정력을 인식할 수 있게 되면서 계약 또한 아직 유효하다는 것을 인식할 수 있었다.

하지만 내가 곧 수정력이고, 수정력이 곧 나인지는 확신할 수 없었다.

확신한다면 계약을 어겨도 소멸하지 않을 자신이 있었지만, 그렇지 못했다.

일단은 산도에게 예정된 힘을 물려줘야 한다.

내가 곧 알 노이굽스이고, 알 노이굽스가 곧 나이지만 굳이 구분을 하여 수치적으로 나누면 가능할 것 같았다.

"아니. 계승자는 알 산도리누스다. 아직은 세상의 수정력에 거스를 수 없어."

"아직은? 그렇다면 언젠가는 거스를 수 있을 거라고 생각하나?"

"글쎄. 나도 모르겠다."

나는 그렇게 말하고는 그대로 뒤돌아섰다.

"날 보내주는 건가?"

"물론이지. 이제 너는 날 막을 수 없다."

내가 뒤를 힐끔 돌아보며 말하자 알 게르히놈이 고개를 주억거리는 모습이 보였다.

"부인할 수 없군."

나는 알 게르히놈을 버려두고 알 아란이 있는 곳으로 향했다.

내가 베나레스고, 베나레스가 곧 나인 경지에 오른 이상 알 아란을 상대하지 못할 이유가 없었다.

　경지.

　어느 순간부터 나는 경지를 따지기 시작했다. 그것은 바로 알 노이굽스와 동기화를 이뤘을 때 부터였다.

　이곳에서 기사든 마법사든 그들은 자신이 추구하는 도(道)를 향해 나아가는 수도자다.

　따라서 무작정 베나레스의 양을 늘리고 질을 높인다고 해서 성장할 수 없는 것이다.

　예전에 파보가 말했듯이 연륜이 쌓이고 수많은 경험을 쌓아야 초월자가 될 수 있다.

　나는 알 노이굽스와 동기화를 이루면서 그가 쌓은 연륜과 경험을 덤으로 얻은 것이다.

　지금까지 대략 반년을 그것을 체화하지 못한 채 살아왔다. 무협으로 치자면 내공만 많았을 뿐이다.

　하지만 알 노이굽스와 대화하면서 조금씩 세상의 이치를 깨닫게 되었고, 결정적으로 수정력의 존재를 알게 되면서 완전히 개안하게 되었다.

　지금의 나를 만든 것은 알 노이굽스라고 해도 과언이 아니었다. 알 노이굽스와의 만남은 기연이 아니었다.

　그것은 수정력에 의해 이미 예정된 일이었다. 또한 내가 깨달음의 벽을 넘어서 초월자가 되리라는 것도 예정된 일이었다.

문제는 내가 초월자가 되면서 나와 균형을 맞추기 위해 수정력이 또 어떤 짓을 저질렀는지 궁금할 뿐이다.

세상은 내가 초월자의 능력을 가진 채 지구로 넘어가게 내버려두지 않을 것이다.

필히 나는 소멸하거나, 모든 것을 잃은 채로 지구로 돌아갈 것이다.

그전까지 나는 내가 할 수 있는 일을 해야 한다. 이를 테면 계약을 이행하는 것이 있겠다.

나는 피코트가 가리키는 좌표를 향해 발걸음을 옮겼다.

여전히 허공답보라든지, 답설무흔 같은 것은 어떻게 하는지 몰라서 걸어가는 중이다.

그나마 내가 걸어왔던 길이 있어서 다행이었다.

아무튼 그렇게 알 아란이 있는 곳에 도착했다. 알 아란은 아까 전과 마찬가지로 제자리에 있었다.

막 알 아란을 향해 가려는데 또다시 내 앞을 가로막는 존재가 있었다.

"다시 왔군."

사일러였다. 그는 아까 전보다는 훨씬 더 멀리 서서 나를 관찰했다.

"이제는 완전히 악마가 된 것인가?"

"어째서 그렇게 생각하십니까?"

"눈이 붉어지고 피부도 회색빛으로 변했다. 눈은 모르겠지만 그 피부색은 악마의 상징이지, 안 그런가?"

알 노이굽스와 하나가 되면서 그의 신체적인 특징이 그대로 옮겨온 모양이었다. 이렇게 되면 귀찮은 일이 많아지는데.

"안 믿으시겠지만 전 악마가 아닙니다."

사일러는 묵묵히 나를 노려보다가 이내 입을 열었다.

"어찌 된 건지 베나레스를 읽을 수 없군. 설마 그 짧은 사이에 깨달음을 얻은 것인가?"

"그렇습니다. 그것 또한 이미 예정된 일이죠."

"공허함에 빠졌군. 자네가 추구한 가치의 끝은 무엇인가?"

생각할 것도 없었다.

"공허입니다. 아무것도 존재하지 않더군요."

"그래? 나와 다르군. 나는 세상이 자율 의지로 충만하다고 생각하는데."

"과연 그럴까요?"

"붙어보면 알겠지."

사일러가 아까 전의 그 빛나는 검을 다시 휘둘렀다. 하지만 살짝 달랐다.

아까 전의 검이 바람과 파동 그리고 섬광을 모두 담고 있었다면 지금의 검은 아무것도 보이지 않았다.

아니, 어쩌면 내가 그런 허상에 집착해서 바람과 파동 그리고 섬광을 본 것일지도 모르겠다.

검 주위로 어떠한 무형의 기운이 흐르는 것은 알겠지만 그것이 바람, 파동, 섬광이라고 생각하지는 않았다.

어쩌면 바람, 파동, 섬광은 애초부터 존재하지 않았던 것일 지도 모른다. 지각의 범위가 낮아 그렇게밖에 보이지 않았을지도 모른다.

나는 그 검을 향해 베나레스를 쏘아 보냈다.

베나레스는 타원형의 고리를 그리며 검을 향해 날아갔다.

쿠구구구궁—

의념과 의념이 맞붙었다.

지금부터는 누구의 신념이 더 올곧은가에 따라 달려 있다.

나는 세상이 공허함으로 가득 차 있다는 것을 보았다.

눈으로 지각하고 몸으로 느낀 이상 그것에 대한 믿음은 절대적일 수밖에 없다. 하지만 사일러의 검은 결코 밀려나지 않았다.

그렇다면 사일러도 직접 봤다는 뜻인가? 세상이 자율 의지로 가득 차 있다는 것을?

세상은 공허로 가득 찬 것인가, 아니면 자율 의지가 존재하는 것인가. 누가 옳은 것이지?

콰과광—

의념은 서로 간의 충격을 상쇄시키며 한 줌의 폭발음과 함께 사라졌다.

"지독한 공허함이군."

사일러가 한 마디 내뱉었다.

"세상을 밝게 보시는군요."

내 응수에 사일러가 피식 웃더니 몸을 스윽 틀었다.

"가라. 알 아란에게."

"궁금한 것이 있습니다. 당신은 어째서 그런 실력을 가지고 있으면서 알 아란을 진작 죽이지 않은 겁니까?"

그러자 사일러가 말했다.

"내 자율 의지다."

"…!"

순간 나는 망치로 한 대 얻어맞은 것 같은 충격을 느꼈다.

자율 의지. 그것이 진짜 존재한단 말인가.

"자네가 혼란스러움을 느끼는 것은 아직 확고한 가치를

세우지 못했다는 뜻이겠지. 어떤 형식이든 종국에는 자신만의 가치를 세우게 될 터이니 혼란스러워하지 말도록."

나는 사일러에게 감사의 뜻으로 고개를 숙인 후, 그가 비켜 선 길을 따라 걸어갔다.

CHAPTER **07**
계약을 이행하다

설원은 알 아란의 자식들로 가득했다.

악마 대백과에서도 보지 못한 녀석들이 수두룩했으니 말 다했다.

아몬들의 수는 질리도록 많았고, 대형 괴수들의 수도 엄청 났다.

이놈들을 해치우고, 공포를 심어주어 덤비지 못하게 만들어 줄 수 있겠지만 상당한 심력이 소모될 터였다.

나는 아까 전과 같은 수법으로 다시 알 아란을 불러내기로 마음먹었다.

이전보다 거리가 가까우니 반응을 보이겠지?

베나레스를 손끝에 모아 허공중에 터뜨려 보았다.

내 의념이 담긴 베나레스가 원형의 파장을 그리며 설원 위로 퍼져 나갔다.

"흥미롭군."

피코트에서 알 아란의 위치가 사라졌다 싶더니, 알 아란이 어느새 내 앞에 서 있었다.

알 아란은 여느 악마와 같이 회색빛 피부에 샛노란 눈동자를 가지고 있었다.

다만 알 게르히놈이 가지고 있던 뿔과 달리 염소의 그것처럼 잔뜩 구부러진 뿔을 가지고 있었다.

직급이 높아질수록 뿔이 점점 더 휘는 것 같았다.

내가 알 아란을 관찰한 것과 마찬가지로 그녀도 날 관찰했는지 이내 입을 열며 말했다.

"기운도 알 노이굽스님의 것과 같고, 심지어 생김새마저 같구나. 혹시 알 노이굽스님의 또 다른 자식인가?"

"알 노이굽스는 내가 흡수했다. 그가 곧 나고, 내가 곧 그이지."

"재밌는 인간이군."

알 아란이 씨익 미소 짓더니 나를 향해 손을 뻗었다.

"공격해 봐."

네가 말하지 않아도 그럴 참이었다. 선수필승이지!

나는 베나레스를 길게 뽑아 고리로 만들었다.

심장이 무리가 가지 않을 정도로 만들어보니 최대 5개 정도를 만들 수 있었다.

5개의 원형의 고리를 쏘아 보내자 알 아란이 놀란 기색을 보이며 그녀 역시 의념을 쏘아 보냈다.

예전 같았으면 손톱을 뽑아서 치고 박고 싸웠을지도 모르겠다.

물론 그런 상태에서 내가 알 아란에게 덤볐다면 단숨에 죽었겠지만 말이다.

아무튼 그녀는 원뿔형 의념 5개를 마찬가지로 내게 날렸다.

고리와 원뿔이 부딪치자 주변에 푸른색 불꽃이 광막을 형성하며 지각을 울렸다.

쿠구구구궁─쾅!

이윽고 의념끼리 충격을 상쇄하며 거대한 폭발음이 일어났다.

폭발로 인해 눈보라와 흙먼지가 자욱하게 피어올랐지만 시야에 전혀 방해가 되지 않았다.

알 아란 역시 그러하겠지.

나는 다시 고리 5개를 뽑아 날린 후 그중 한 개 뒤에 몸을 숨겨 함께 날아갔다.

쿠구구궁—

알 아란 역시 재차 원뿔을 날렸다.

원뿔과 고리가 재차 만나 충격을 상쇄하는 동안, 나는 바람과 파동, 그리고 섬광을 응축해서 알 아란에게 쏘아 보냈다.

"크읏!"

알 아란이 황급히 원뿔을 회수하며 몸 주위로 의념의 막을 둘렀다.

하지만 원뿔을 회수하는 바람에 아직 남아 있던 내 고리의 힘이 그녀에게 쏘아져 나갔다.

꽈과과꽝—

"크아아악!"

고리와 세 가지 힘이 응축된 탄이 의념의 막을 찢어발기며 알 아란을 사정없이 몰아쳤다.

"끝났군."

고리가 알 아란의 사지를 봉하는 사이 탄이 무서운 속도로 날아가 그녀의 심장을 단숨에 꿰뚫었다.

"후."

호흡을 내쉬며 쏘아 보냈던 베나레스를 다시 회수했다. 고리와 탄, 이 두 개를 동시에 운용하는 것은 아직 힘들었다.

하지만 동시에 운용한 만큼 확실한 효과를 볼 수 있었다.

아까 전 사일러를 상대할 때 탄도 사용했다면 결과는 어땠을까.

내가 이겼을까? 아니면 그 역시 숨겨둔 한 수가 있었을까?

일단 중요한 건 세 마리의 대악마 중에서 한 마리를 해치웠다는 것이다.

알 아란이 죽자 그녀의 자식들이 저마다의 비명을 내지르며 설원 위로 아스라이 쓰러졌다.

쭈와아악―

나는 무수히 많은 악마의 베나레스를 흡수했다.

알 아란의 자식들이 가지고 있던 베나레스는 보잘것없었지만, 알 아란의 것은 질과 양이 상당했다.

깨달음이 중요하다고 하지만 베나레스의 양이 많아야 뒷심을 확보할 수 있는 것이다.

내가 알 아란을 이길 수 있었던 것은 그 차이다.

알 아란과 나의 깨달음의 차이는 크게 다르지 않았으나, 나는 고리와 탄을 동시에 운용할 수 있었고 그녀는 그러지 못했다.

다음은 알 비올레스로군. 알 비올레스는 동쪽에 있다고 했었지.

녀석은 알 아란보다 강하다고 했으니 조심해야겠다.

그때였다.

"베인!"

나는 뒤에서 나를 부르는 소리에 돌아보았다.

제리코였다.

제리코는 설원 위에 서서 칼자루에 손을 올려놓은 채 나를 묵묵히 바라보았다.

나 역시 묵묵히 그를 마주보았다.

제리코처럼 감정이 복잡하게 얽힌 눈동자로 쳐다보는 것이 아니었다.

그의 심장에서 뿜어져 나오는 힘. 그 힘 속에 담긴 어둠이 보였다.

지각의 범위가 넓어지면서 그의 힘의 원천이 보이기 시작한 것이다.

역시 악마와의 계약을 통해 힘을 얻은 것이로군.

"너는 지금 악마냐?"

제리코가 떨리는 목소리로 물었다.

"악마가 곧 나고, 내가 곧 악마지."

"똑바로 말해! 베인이야, 아니야!"

제리코가 눈부신 속도로 발검하며 외쳤다. 실제로 그의 검에서 섬광이 뿜어져 나와 눈이 부셨다.

"네가 원하는 대답이 그것이라면, 나는 베인이 맞다."

"그럼 그 모습은 어떻게 된 거지?"

"악마와 하나가 되는 과정에서 일어난 부차적인 결과지."

나는 문득 관자놀이가 간지럽다고 느끼며 관자놀이에 손가락을 가져다 대었다.

툭—

관자놀이에 뭉쳐 있던 살점이 떨어져 나오더니 피가 주르륵 흘러내렸다.

그와 동시에 손가락 끝에서 딱딱한 뿔이 느껴졌다. 반대쪽 관자놀이도 마찬가지였다.

뿔이 자라고 있었다.

피는 무색투명한 형태였다. 심장이 베나레스를 뿜어내기 시작하면서 일어난 결과였다.

나는 손가락에 묻은 베나레스가 다시 내 몸속으로 스며드는 것을 느끼며 제리코를 바라보았다.

제리코는 질린다는 눈초리로 나를 노려보았다.

"뿔까지 자라는군! 속임수는 통하지 않는다, 악마!"

그러더니 나를 향해 검을 휘두르며 뛰어왔다.

"베인을 돌려줘!"

이렇게까지 날 생각해줄 줄은 몰랐는걸. 제리코와 꽤 오랜 시간을 보냈긴 했지만, 그와 내가 맺은 관계가 목숨을 걸고 싸워줄 수 있을 정도였나?

아니, 제리코는 굳이 목숨을 걸지 않고 싸워도 될 거라고 생각할 것이다.

그는 내 실력을 가늠할 수 없을 테니.

난 제리코의 수준에 맞춰 손톱을 뽑아 그의 칼을 마주쳐 나갔다.

쩡—

"큭."

제리코는 의외의 충격을 느꼈는지 눈을 동그랗게 뜨더니 입술을 깨물며 전의를 불태웠다.

그와 동시에 그는 심장에서 더욱 강한 힘을 뿜어내었다.

"흠."

저건 무척 익숙한 힘이었다. 제리코가 24살에 보라색의 벽을 뚫도록 만들어준 미증유의 힘.

그것은 바로 산도의 베나레스였다. 그의 심장에서는 산도의 기운이 느껴졌다.

산도와 계약을 맺었을 줄이야.

그렇다면 웨이스커 저택에서 나를 산도에게 소개해 줄 때 이미 서로 알고 있던 사이였던 거로군.

"산도와의 계약으로 무엇을 희생했지?"

"뭐?"

내가 질문을 툭 던지자 제리코가 당황하며 검을 휘두르다가 앞으로 고꾸라졌다.

나는 황급히 일어나는 제리코를 묵묵히 바라보았다.

내 시선을 받은 제리코는 착잡한 시선으로 날 보더니 말했다.

"정말 베인이군."

"그래."

그는 칼집에 검을 밀어넣고는 말했다.

"어떻게 알았지? 내가 산도와 계약을 맺었다는 것을. 그리고 산도가 악마라는 것을."

"뭐라고 말할 수 없다. 그냥 알게 되었다."

"좋아."

제리코는 한숨을 푹 내쉬더니 천천히 입을 열었다.

"내가 산도를 처음 만난 곳은 전쟁터였다. 그때 당시 내 나이는 16살이었고 생애 첫 전투를 경험하고 있었지."

그는 회상에 잠긴 듯한 눈으로 바닥을 노려보았다.

"귀족도 아니었던 데다가 연줄도 없어서 나는 돌격대에

편성되었다. 돌격대에 편성된 신병들은 고기방패에 불과했어. 뒷줄의 정예 병사들이 다치지 않고 적진을 파고들 수 있도록 도와주는 역할이었지. 아무튼 그렇게 돌격은 시작되었고, 나는…….

제리코는 자신의 가슴을 두드렸다.

"몸의 절반이 날아갔지. 어깨부터 사타구니까지 쪼개진 거야."

"즉사했나?"

"즉사했다고 생각한 순간, 가슴속에서 분노가 치밀었다. 살고 싶다는 강렬한 욕망과 함께 내가 이런 최후를 맞이해야 하는 이유를 알 수 없었다."

제리코는 고개를 들어 하늘 높이 떠 있는 나그렛타를 바라보았다.

"어렸을 때부터 나는 생각했다. 비록 이름 없는 황무지에서 떠돌아다니는 유랑민의 아들로 태어났지만, 저 하늘 높이 떠 있는 별들처럼 빛나는 존재가 될 수 있을 거라고. 그래서 난 10살에 집을 나와 근처에 있던 사관학교에 입학했다."

그런 사연이 있을 줄은 몰랐군.

나는 묵묵히 그의 이야기를 들었다.

"사관학교에 입학해서 기사가 되기 위한 길을 걷기 시작했지. 나는 독종이었다. 내가 강력한 기사가 될 수 있을 거라고 생각했기 때문에, 그 믿음이 있었기 때문에 낮은 성취에도 꾸준히 나를 갈고 닦았다. 그러던 어느 날 훈련 교관이 말했지. 너는 재능이 없다고!"

제리코가 가까스로 분노를 억누르며 외쳤다.

"그때의 심정은 누구도 알지 못할 거야. 기사 하나만을 바라보며 하루에 2시간씩 자며 훈련에 훈련을 거듭했는데, 하루 종일 잠만 자고 여자들이랑 노닥거리는 새끼들이 훈련 교관으로부터 재능이 있다면 칭찬 받을 때의 그 심정! 나는 망연자실하게 그 모습을 바라볼 수밖에 없었다. 기사의 혈통. 그 고귀한 핏줄이 가지고 있는 재능을 뛰어넘을 수 없다고 생각한 순간 내 앞에는 거대한 벽이 생겼다."

갑자기 뭐가 우스운지 그가 피식 웃었다.

"그 후 며칠 있다가 전쟁에 참가하게 되었고, 나는 몸이 두 쪽으로 쪼개졌지. 분노와 생에 대한 욕망으로 세상을 저주하며 죽어갈 때, 그가 내 앞에 모습을 드러냈다. 내가 흘린 피 웅덩이 속에서 샛노란 눈동자를 가진 악마가 천천히 솟아올랐지."

"산도였군."

"그래. 그때가 그를 처음 만난 순간이었다. 신념을 잃어

버리고 어떤 강렬한 욕망을 가질 때 악마가 찾아온다더니, 처음엔 믿지 않았지만 그를 보며 그것이 진짜라는 것을 깨달았지."

"그래서 산도에게 힘을 달라고 했나?"

제리코가 고개를 끄덕였다.

"그래. 내게도 고귀한 혈통들이 가질 수 있는 재능을 달라고 했지. 그는 그것을 뛰어넘는 최고의 재능을 주겠다고 약속했다. 그 대가로……."

그는 입술을 꾹 깨물었다.

"5년에 한 번씩 주변 지인들의 영혼을 가져가기로 했지. 선택은 무작위이며, 그 대상은 자연스러운 인과 법칙에 따라 죽을 뿐 그가 의도를 가지고 죽이는 것은 아니라고 했다. 다만 죽을 때 그가 영혼을 가져가겠다고 했지. 처음에 나는 그것이 무엇을 뜻하는지 몰랐다. 그저 힘에 대한 강렬한 욕망에 사로잡혔을 뿐이지."

악마가 영혼을 가져간다는 것.

그것은 영혼의 완전한 소멸을 의미한다.

악마는 가져간 영혼을 소멸시키고 남은 빈껍데기를 지옥으로 보내 자신의 충실한 부하로 만들 수도 있다.

혹은 알 노이굽스가 했던 것처럼 빈껍데기에 자신이 들어가서 기록을 계승할 수도 있다.

"그렇다면 혹시 산도가……."

"그래."

제리코가 주먹을 세게 움켜쥐며 말했다.

"원래 그 몸의 주인은 루비코. 나의 가장 오래된 친구였지. 루비코의 장례식에 가서 그를 추모한 다음 날, 나는 루비코가 멀쩡히 사관학교를 돌아다니는 것을 보았지. 내가 깜짝 놀라서 그의 어깨를 붙잡자, 그가 나를 보며 악마와 같은 미소를 짓더니 말했다. '안녕, 제리코? 직접 보는 건 처음이지?' 그의 눈동자가 샛노랗게 변하는 순간 난 비명을 지를 수밖에 없었어."

그 후의 이야기는 굳이 들어보지 않아도 알 것 같았다.

단순히 기록을 계승하는 것이 아니라, 원래의 영혼이 그 허무의 공간을 영원히 떠돈다는 것을 알게 된 순간 그의 심정은 어땠을까.

죄책감에 오랜 세월을 시달려 왔겠지. 제리코는 완전히 불가항력적이었을 것이다.

계약을 무단으로 파기하면 자신이 그 꼴이 나니깐. 결국 검에 집착을 하게 되고, 주변 사람에게 정을 주지 않게 되었을 것이다.

"이제 5년이 얼마 남지 않았어. 누굴 또 잃게 될까 너무나도 두렵다. 그래서 인간관계에서 항상 벽을 두며 살아왔는데, 호운과 루키아가 그 벽을 뚫고 내게 찾아왔지. 난 그 둘은 결코 잃기 싫었어. 그러던 중 너를 만나게 되었다."

제리코가 복잡한 감정이 얽힌 시선으로 날 바라보았다.

"정말 미안하다고 말할 수밖에 없다. 작년에 나는 산도와 재계약을 맺었지. 내가 지명하는 사람의 영혼을 가져가게 해달라고. 산도는 그 계약에 조건을 달았다. 그럼 한 사람이 아니라 둘의 영혼을 가져가겠다고. 그 미친 짓을 하지 말았어야 했는데……."

"그래서 호운과 루키아를 잃지 않기 위해 날 지목했나?"

"그래……. 계약 조건에 해당하기 위해서는 대상과 어느 정도 친분을 쌓아야 했기 때문에 너를 마음속으로 받아들이기 시작했지."

이런 개자식.

하지만 그를 이해할 수 있었다. 악마와의 계약이 그런 것이니깐.

악마는 결코 손해 보는 장사를 하지 않는다. 인간은 항상 갈망하기 때문에 계약은 점점 더 늘어나게 된다.

한 번 악마와 계약을 맺은 이상 그것에서 벗어날 수 없다. 더 큰 욕구를 충족시키기 위해 더 위험한 계약을 하게 되는 것이다.

그리고 잘못된 것을 알면서도 계속할 수밖에 없어 일어나는 자기혐오감.

"하지만 그건 미친 짓이었어! 대상을 지목하기 위해서는 그 대상과 친해져야 하는데, 그 대상과 친해지면 어떻게 지목을 할 수 있겠어! 괴로워하는 날 보며 산도는 즐겁다는 듯이 웃었지. 악마와 계약한 자들이 왜 종국에 파멸하는지 그제서야 깨달을 수 있었다."

나도 하마터면 파멸할 뻔했지.

알 노이굽스가 천 년을 넘게 살아오지 않았더라면, 그가 깨달은 상반된 것이 상성한다는 이치를 공유하지 못했을 것이고 나는 소멸했을 것이다.

제리코가 갑자기 내 앞에 무릎을 털썩 꿇더니 말했다.

"날… 용서해줄 수 있나, 베인?"

나는 눈에서 떨어지는 그의 눈물을 바라보았다.

"정말 염치없는 것 잘 안다. 내가 죽일 놈이야! 하지만 어떻게 할 수가 없었어. 지금도 내가 어떻게 해야 될지 모르겠어! 마음 같아서는 당장 죽어버리고 싶지만 그럼 루비코의 소멸은 어떻게 되는 거지! 모든 것이 무의미해져! 이 지긋지긋한 악순환의 굴레! 이것이 악마와 계약한 자가 짊어지고 가야 할 업인 것 같아…….”

“잘 아는군. 그럼 그 업을 계속 짊어 가시지.”

“뭐?”

제리코가 고개를 들더니 충혈된 눈으로 날 바라보았다.

나는 그를 노려보며 말했다.

“영원토록 미안해하고, 영원토록 후회 속에 살아라. 강력한 힘을 공짜로 얻으려는 심보는 아니겠지! 네가 자초한 일이니 끝까지 그걸 안고 가란 말이야. 미치겠는 건 알겠는데 네가 뭘 어쩌겠어. 그러니깐 그만 질질 짜고 일어나.”

“베인…….”

젠장. 제리코가 이렇게 약한 녀석일 줄은 몰랐군.

외부와의 단절을 위해 항상 냉혈적인 모습만을 보여 와서 그런 것일까.

“산도는 내가 어떻게 처리해 보마. 산도가 죽으면 계약도 무효화되지. 너는 힘을 잃겠지만 친구들을 살릴 수 있을 거야. 어떻게 하겠어?”

내가 묻자 제리코는 떨리는 눈동자로 나를 바라보았다.

“나, 나는…….”

“젠장할! 아직까지 힘에 대한 미련이 있군. 그럼 가차없이 친구들을 바치고 강해지란 말이다. 죽은 네 친구, 루비코의 희생이 헛되지 않게!"

나는 뒤돌아서 알 비올레스가 있는 동쪽을 향해 발걸음을 옮겼다.

시간이 많이 지체되었군.

알 비올레스는 얼마나 강할까? 알 아란보다 강하겠지만 내가 고리와 탄까지 쏘아 보내면 잡을 수 있을까?

알 바흐레골을 죽이기 전에 알 비올레스에게 죽지는 않을까. 문득 두려움이 느껴졌다.

그때, 뒤에서 제리코의 외침이 들려왔다.

"베인! 포기하겠다! 포기하겠다고! 내 힘을!"

"그럼 당장 호운과 루키아에게 가지 않고 뭐하는 거야? 그들이 악마들과 싸우다 죽기 전에 지켜줘야지."

그러자 제리코는 눈가를 소매로 훔치더니 크게 고개를 끄덕이고는 눈보라 속으로 사라졌다.

나는 그의 뒷모습을 묵묵히 바라보다가 관자놀이를 만져 보았다.

뿔이 어느새 더 자라 염소 뿔처럼 완만하게 휘어져 있었다.

이제 완벽한 악마로군.

휘오오오오—

눈보라가 내 몸을 한바탕 휩쓸고 지나갔다. 차가운 얼음

결정들이 살갗을 사납게 두드린다.

나는 눈보라 너머, 설원 너머, 동쪽 어딘가에 있을 알 비올레스를 노려보았다.

내가 이 세상의 수정력으로부터 살아남을 수 있을까?

모든 계약 조건을 이행하고 소멸하지 않은 채 지구로 돌아갈 수 있을까?

날 지구로 돌려보내줘야 할 알 노이굽스가 죽었는데도, 그와 맺은 계약에 의해 지구로 돌아갈 수 있을까?

모르겠다, 아직은.

*   *   *

알 비올레스 쪽에는 검은색 초월자 둘과 선각자 둘이 있다고 했었지.

나는 피코트가 가리키는 좌표를 따라 또 다른 설원에 도착했다.

설원에서는 이미 전투가 벌어지고 있었다.

알 비올레스의 자식들이 괴성을 지르며 기사들에게 달려들고 있었다.

권속들의 숫자는 압도적으로 많았다. 알 아란의 설원에 있는 숫자보다 훨씬 더 많은 것 같았다.

그러고 보니 알 아란과 알 비올레스 모두 대장군 악마로서 휘하에 장군 악마들을 거느리고 있을 텐데.

아까 전 알 아란의 영역에서도 그렇고, 여기에도 장군 악마들로 추정되는 녀석들을 보이지 않았다.

뭔가 꿍꿍이가 있는 것일까.

나는 주변을 둘러보다가 설원 너머에 우뚝 서서 전쟁터를 바라보고 있는 알 비올레스를 찾아냈다.

그의 주변에는 시체들이 널브러져 있었는데 검은색 초월자 둘도 포함되어 있었다.

선각자 둘은 의식을 잃은 채 그의 손아귀에 잡혀 있었다.

젠장. 어떡하지?

검은색 초월자 둘과 선각자 둘이 덤벼들어 이기지 못했다면 내가 덤벼도 결과는 뻔했다.

하지만 만약 검은색 초월자 둘이 나보다 실력이 낮았다는 전제를 깐다면, 죽음이 당연한 결과일 수도 있었다.

일단은 도전해보는 것이 좋겠군. 이제 더 이상 물러설 곳도 없다.

나는 알 아란을 불러냈던 것과 마찬가지로 베나레스를 개방했다.

그러자 전장을 주시하던 그가 고개를 돌려 나를 쳐다보았다.

"알 아란은 죽었나?"

알 비올레스가 처음 와서 내게 던진 말이었다.

그는 내 안에 흐르는 베나레스를 읽을 수 있었다.

좋지 않군. 상대에게 실력을 간파 당한다는 것은 상대가 나보다 강하거나 대등할 때다.

"죽었다."

"그렇군."

알 비올레스는 손에 쥐고 있던 선각자 둘을 바닥에 내려놓더니 말했다.

"신기한 자들이지 않나? 이들은 전혀 다른 베나레스 체계를 가지고 있다."

알 비올레스는 호기심 가득한 표정으로 선각자들을 내려다보았다.

나는 그 모습에서 희망을 찾을 수 있었다.

저 녀석은 나 또한 영혼목을 가지고 있다는 것을 간파하지 못했다.

"미안. 새로운 손님을 깜빡하고 있었군."

한참 동안 선각자들을 바라보고 있던 그가 고개를 들더니 말했다.

"신기한 눈동자와 신기한 심장을 가지고 있군."

그가 찢어진 피코트 사이로 드러난 내 가슴을 가리켰다.

"자네의 이름은?"

"알 노이굽스."

내 대답에 그는 가만히 미간을 꿈틀거렸다.

"확실히 그분의 베나레스가 느껴지지만, 너는 결코 그분이 아니다. 넌 온갖 베나레스들의 덩어리야. 그런 면에서 그분과 비슷하긴 하군."

알 비올레스는 내 정체를 정확히 짚어냈다. 적어도 베나레스 측면에서는 알 아란보다 높은 경지를 가졌다는 뜻이다.

그가 씨익 미소 지었다.

"그렇다면 너도 지치지 않겠구나. 좋은 상대가 되겠군. 오백 년이 지난 지금, 그분과 한 번 붙어보고 싶다고 항상 생각했었지."

그와 동시에 그의 주변으로 수많은 의념의 칼이 생겨났다. 의식 세계에는 존재하지 않고 오직 무의식 세계에만 존재하는 칼.

만약 내가 의식과 무의식의 통합을 이루지 못했다면 결코 보지 못했을 칼들이었다.

무려 10개! 저것들을 막아낼 수 있을까.

파아아아—

10개의 칼이 나를 향해 쇄도했다.

칼에 담긴 의념의 힘이 어찌나 강한 지 칼의 경로를 따라 지각이 쩍! 하고 갈라졌다.

나는 의념의 고리를 만들어 내 5개의 칼이 가진 힘을 상쇄했다. 다행히 힘이 부족하진 않았다.

하지만 문제는 나머지 5개. 다시 고리를 만들어내기에는 시간이 부족했다.

그야말로 눈 깜빡하면 내 앞에 당도할 거리였다.

피해야겠군.

의념에 몸을 맡기고 칼을 피해낸다고 생각했다. 생각하는 속도에 따라 몸이 움직였다.

하지만 알 비올레스의 칼 역시 의념에 따라 움직이는 칼. 칼 두 자루가 양 옆구리를 스치고 지나가 뒤쪽의 빙벽을 무너뜨렸다.

쿠구구궁—

거대한 빙벽이 단숨에 무너지며 눈보라가 휘몰아치고 눈이 튀어 올랐다.

나는 옆구리의 상처를 확인해 보았다.

살갗이 길게 찢어짐과 동시에 알 수 없는 기운에 의해 타오르고 있었다.

이건… 베나레스였다.

저자는 의념에 베나레스를 담아 쏘아 보내고 있다!

베나레스 자체가 정신력인데, 의념이라는 생각에 정신력을 담아 쏘아 보낸다고?

애초에 의념을 쏘아 보내려면 베나레스를 이용해 생각을 구체화시켜야 한다.

즉, 베나레스는 수단이 될 뿐이지 그 자체가 실재적인 힘을 가지고 있는 것은 아니란 뜻이다.

그런데 이게 가능한 일이란 말인가.

"제법이군. 이건 어떠냐."

순간 알 비올레스가 허공으로 떠오르더니 그의 몸에서 빛이 나기 시작했다.

그것은 거대한 광구(光球)였다. 의념의 덩어리였다.

의념을 자그마한 고리나 칼 형태로 만드는 것도 어려운데, 알 비올레스는 그것을 거대한 공으로 만들어냈다.

"이것도 피해보시지."

쿠구구구궁—

거대한 광구가 나를 향해 천천히 날아왔다. 속도는 무척 느렸지만 그 안에 내재된 힘은 엄청났다.

피한다고 피할 수 있는 성질이 아니었다. 저 광구는 반경 백여 미터를 의념으로 장악하고 있었다.

눈에 보이는 것이 광구일 뿐. 실제로는 반경 백여 미터를 뒤덮고 있는 거대한 의념의 막이었다.

나는 베나레스를 극한으로 끌어올렸다. 새로 만들어진 심장이 쿵쾅거리며 막대한 양의 힘을 쏟아냈다.

그리고 하나의 거대한 고리를 만들어냈다.

베나레스를 이용해 만들 수 있는 모든 의념을 쥐어짜내 그 고리에 담았다.

거대한 고리는 이글거리며 다가오는 광구를 향해 날아갔다.

쿠과과광—

처음에는 둘이 충격을 상쇄하는 듯했다.

"으아아아아!"

하지만 점점 고리의 힘이 느슨해지더니,

파직—

이내 고리가 끊어지며 상쇄되지 않은 광구의 힘이 내게 그대로 폭사되었다.

나는 심장이 터질 것 같은 고통을 느끼며 재차 의념 덩어리를 쏘아 보냈다.

덕분에 최대한 피해를 최소화시킬 수 있었지만 용암보다 뜨거운 기운이 내 몸을 휩쓸고 지나갔다.

"크허억, 커헉!"

앞으로 내밀었던 팔은 그대로 가루가 되어 소멸했고 팔이 가리지 못한 하복부도 터져 나갔다.

우두둑— 우둑—

광구에 맞아 이글거리며 녹던 흙과 바위가 내 몸속으로 빨려 들어오며 뼈가 되고 살이 되었다.

"끄으으으!"

그 끔찍한 고통에 나는 어금니를 꽉 깨물고 핏발 선 눈동자로 알 비올레스를 노려보았다.

그는 흥미롭다는 표정을 지으며 날 바라보았다.

"자네, 죽기는 하는 건가?"

사실 나도 잘 모르겠다.

머리가 터져나간 적은 없지만, 머리가 터져나가도 신체가 복구되지 않을까?

적어도 알 노이굽스가 천 년 동안 닦아 온 베나레스가 바닥나지 않는 이상 그럴 것이다.

"그럼 이건 어때?"

알 비올레스가 씨익 웃더니 외쳤다.

그와 동시에 그의 몸에서 광구 다섯 개가 솟구쳐 나오더니 그의 주위를 행성처럼 돌기 시작했다.

그의 몸은 마치 태양처럼 밝게 빛났다. 광구는 행성처럼 그의 주변을 원형을 그리며 돌았다.

"미친."

나는 터질 것 같은 심장을 움켜잡은 채 베나레스를 끌어올리는 수밖에 없었다.

의념을 이용해 고리를 계속 만들어내며 날아오는 광구들을 밀어냈다.

하지만 광구가 무려 다섯 개다. 다섯 개!

한계에 한계까지 쥐어짜며 버텨보았지만 가까스로 광구한 개의 충격을 상쇄할 수 있었다.

쿠과과과광—

나는 연이어 날아온 광구 4개에 맞고 날아가 뒤쪽에 쌓여 있던 빙벽의 파편 속에 처박혔다.

우두둑—

척추가 부러지고 흙으로 만들어진 장기가 바닥으로 쏟아져 내렸다.

가슴뼈가 함몰되어 펄떡거리는 심장이 공기 중에 그대로 노출되었다. 내 몸에서 베나레스가 폭포수처럼 쏟아져 내렸다.

"끄으으으."

나는 내 몸을 내 의식과 분리시켰다. 이 지독한 고통을 이겨내려면 그 방법밖에 없었다.

대신 다시 미친 듯이 광구를 쏘아보내기 시작한 알 비올레스의 공격을 계속 맞을 수밖에 없었다.

내가 할 수 있는 거라고는 아직 남아 있는 베나레스를 끌어울려 그의 공격을 최대한 상쇄하는 것뿐이었다.

　이러다 정말 죽을지도 모르겠다.

　베나레스는 아직 많이 남아 있었지만, 언제까지 버틸 수
있을지 모르겠다.

　제기랄.

CHAPTER **08**
전쟁의 서막

나는 베나레스를 비워내고 또 비워냈다.

내게는 알 노이굽스가 천 년 동안 닦아온 베나레스가 있었지만, 그의 깨달음을 온전히 흡수하진 못했다.

알 비올레스는 지치지 않는지 광소를 터뜨리며 계속해서 광구를 쏘아 보내고 있었다.

내 베나레스가 한계를 보이고 있듯이 그의 베나레스 역시 곧 한계를 보일 것이다.

문제는 내 베나레스가 먼저 바닥을 보이면 꼼짝 없이 죽음을 맞이하게 된다는 것이다.

단순히 죽음을 넘어 계약 불이행으로 소멸하겠지. 허무의 공간을 떠돌게 되는 것이다.

젠장. 생각하자, 생각해.

일단 의념의 막을 이용해 방패를 만들어 놓은 상태인데, 그래도 광구가 짓누르는 힘이 너무 커서 일어설 수 없었다.

가루가 되어 사라졌던 몸체는 이제 어느 정도 재생된 상태였다.

흙과 얼음, 그리고 바람으로 이루어진 몸은 더 이상 인간의 몸이 아니었다.

끔찍하군. 저 상태로 지구로 돌아가는 것은 이쪽에서 사양이다. 괴물 취급을 받고 실험실에 갇히겠지.

이러는 와중에도 베나레스가 점점 빠져나가 조금씩 바닥을 보이기 시작했다.

펄떡— 펄떡—

심장이 요동치며 간헐적으로 힘을 쏟아냈다.

나는 머리가 쪼개질 것 같은 고통을 느끼며 알 비올레스를 바라보았다.

그 역시 베나레스가 바닥나고 있는지 거친 숨을 토해내고 있었다. 또 내가 쉽게 죽지 않아서 인지 답답해 보였다.

"죽어! 이제 좀 죽어라!"

알 비올레스가 이제는 광구가 아닌 무수히 많은 칼을 쏘아 보내며 외쳤다.

놈도 지쳐가고 있다. 이제 더 이상 광구를 유지할 여력이 안 되니깐 칼을 만들어내고 있는 거겠지.

그때였다.

쿵—

심장이 박동을 멈췄다. 베나레스가 바닥난 것이다.

쩌저적—

그와 동시에 의념으로 이루어진 방패가 사라졌다.

"드디어!"

알 비올레스가 환희에 가득 찬 표정을 지으며 거대한 칼을 만들어냈다.

제기랄.

그가 쏘아 보낸 거대한 칼이 단숨에 내 심장을 꿰뚫었다. 흙으로 만들어진 심장이 순식간에 녹아내리며 자연으로 돌아갔다.

"커헉!"

비록 육체와 의식을 분리시켰다 했지만 방금 전의 충격은 의식 세계에까지 영향을 줄 정도로 강력했다.

나는 의식 세계가 무너지는 것을 느꼈다. 그와 동시에 의식 세계와 연결되었던 무의식 세계 역시 무너져 내렸다.

영혼의 미아!

갈 곳 잃은 내 영혼은 멍하니 허공에 둥둥 떠서 형체조차 보이지 않는 육체를 내려다보았다.

허망했다.

정말 거의 다 왔는데. 알 비올레스를 죽이고, 알 바흐레골만 죽이면 지구로 갈 수 있었는데.

왜! 하필 왜 여기서 멈춘 거지!

멈출 거라면, 어차피 멈췄을 거라면 왜 진작 밀림이나 전쟁터에서 멈추지 않고 여기서 멈추게 한 거지.

이 빌어먹을 수정력!

혹시 이것 또한 예정되어 있던 것일까?

내가 계약을 이행하기 전에 죽음을 맞이하리라는 것을?

내가 알 노이굽스를 흡수하게 되면서 변수가 일어나자 조화를 이루기 위해 날 미리 제거한 것일까?

이 세상이 날 싫어하는 것이 틀림없다.

하기야 다른 차원의 존재이니 나는 이 차원의 이물질, 쓰레기인 셈이다.

이물질은 제거하는 편이 속 시원하겠지. 그렇다면 다른 지구인들의 운명도 이와 같은 것일까?

빌어먹을!

이 차원이나, 내가 속해 있던 차원이나 결국 하나의 거대한 차원 체계를 이루는 부속품일 텐데!

그 거대한 차원 체계가 실재한다는 것은 알 수 없지만 적어도 추측은 가능하다. 아니, 믿을 수는 있다.

이를테면 거대한 차원 체계는 이 세상을 돌아가게 만드는 전체요, 중심이자, 원동력이다.

우리는 이 차원이 생겨난 원인, 그 원인의 원인, 마침내 최후의 지점에 그 자체가 존재함으로써 자신의 원인이 되는 최후 원인이 존재한다는 것을 막연하게 짐작하고 있다.

그것은 상상이나 가상의 존재가 아니라, 있는 모든 것의 실재하는 대상이다.

물론 그것을 증명할 길은 없다. 그것을 증명할 최후 원인의 이전 원인, 그 원인의 이전 원인, 그 모든 것들이 오히려 최후 원인에 의존하기 때문이다.

하지만 증명이 안 된다는 것은 오히려 그것이 증명 따위가 필요 없는 궁극적 실재라는 뜻이지 실제성(實際性)이 의심스럽다는 것은 아니다.

따라서 나는 이 차원보다 더 상위의 범주 안에 속해 있기 때문에, 제거될 필요가 없는 것이다.

이 차원도 곧 궁극의 차원이고, 내가 원래 살던 차원도 궁극의 차원이다.

그렇다면 내가 살던 차원도 이 차원이고, 이 차원도 내가 살던 차원 아닌가?

내가 살던 차원이 존재하고 부속품이 됨으로써 이 차원이 존재하고 부속품이 될 수 있는 원인이 되는 것이고 그 반대의 경우 또한 마찬가지다.

그렇다. 이것 또한 상반된 것이 상성한다는 이치와 다를 것이 없다.

상반상성(相反相成).

이 깨달음이 세상 만물을 관통하고 있었다.

그 순간 나는 내 몸이 재구성되는 것을 느꼈다. 피와 살점, 그리고 뼈가 돌아왔다.

신경이 돋아나고 세포가 되살아났다. 장기가 재생되고 진짜 심장이 펄떡펄떡 뛰기 시작했다.

이것이 바로 물극필반(物極必反).

사물의 전개가 극에 달하면 반드시 반전한다는 뜻으로, 상반된 것이 극에 달해 정점을 친 순간 원래의 것으로 돌아가게 된 것이다.

나와 알 노이굽스, 그리고 괴물간의 관계, 더 나아가 내가 속한 차원과 이 차원의 관계가 극에 달한 것이다.

동전 앞면을 뒤집으면 손쉽게 뒷면이 되는 것과 같이 내 몸은 너무나도 쉽게 원래대로 돌아왔다.

인간의 몸으로. 그리고 인간의 그릇으로.

영혼의 파편이라든지, 악마의 기운이라든지. 그 모든 부차적인 것이 존재하지 않는 순수한 본체로 돌아왔다.

"뭐지?"

알 비올레스가 거칠게 숨을 몰아쉬며 날 노려보았다.

나는 조용히 눈을 감고 베나레스를 떠올려 보았다.

처음에는 흰색 나무 한 그루였다. 찬란하게 빛을 뿜는 흰 나무 한 그루가 무의식 속에 떠있었다.

그러다가 나무가 한 그루씩 더 자라나기 시작했다. 점점 생장하는 속도가 늘어나고, 증식하는 속도가 늘어났다.

나무는 어느새 하늘 높이 치솟기 시작했고, 그 옆에서 다른 나무들도 덩달아 우후죽순처럼 솟아오르기 시작했다.

마침내 모든 변화가 끝났을 때는 하나의 거대한 흰색 숲이 내 무의식 속에 자리 잡게 되었다.

원래 내 영혼목. 흡수가 아닌 소멸의 힘을 가진 베나레스. 그것이 돌아온 것이다.

나는 허공에 의념으로 만들어진 칼을 만들어냈다. 칼은 빛으로 가득 차서 환하게 빛나고 있었다.

부우웅―

"크아악!"

칼을 날리자 알 비올레스가 힘겹게 광구를 쏘아 보내며 막으려 들었다.

하지만 칼이 내재하고 있는 힘은 소멸의 힘.

단숨에 광구를 찢어발기며 알 비올레스의 심장에 꽂혔다.

"끄아아아아!"

그의 눈, 코, 입. 아니, 그의 온몸에서 환한 빛이 뿜어져 나오며 그의 베나레스를 소각시켰다.

화르르륵—

그것은 마치 성화(聖火)와도 같았다.

알 비올레스의 몸은 하얗게 불타올라 한 줌의 재도 남기지 않고 그대로 공기 중에 사라졌다.

그의 자식들도 마찬가지였다. 권속들도 성화 속에 불타 몸부림치며 바닥에 털썩 쓰러졌다.

나는 가만히 서서 그 불꽃의 향연을 바라보았다. 권속들과 싸우던 기사와 병사들은 갑작스러운 변화에 놀라 우왕좌왕했다.

그러면서도 그들은 환호성을 지른다. 살아남았다는 것을 축하하며 서로를 얼싸안고 승리의 기쁨을 나눈다.

"으으음……."

그때 의식을 잃고 쓰러져 있던 선각자 중 한 명이 깨어났다.

그는 금발에 벽안을 가진 전형적인 백인이었다.

백인은 날 보더니 말했다.

"누구십니까?"

그가 날 바라보는 눈빛이 이상해서 왜 그럴까 곰곰이 생각해봤더니 내가 알몸으로 당당하게 서 있다는 것을 깨달았다.

내가 입던 옷은 알 비올레스의 공격을 맞으면서 모두 불타올라 사라졌다. 항마력이 담긴 피코트도 물론이다.

"여기 이걸 걸치십시오."

백인이 자신이 두르고 있던 로브를 내게 건네주었다. 방금 깨어난 사람이 깨어 있던 날 챙겨주는군.

가만히 로브를 받아 두르자, 그가 주위를 둘러보더니 말했다.

"전쟁은 어떻게 되었습니까? 알 비올레스는?"

"이겼습니다. 그리고 그는 죽었습니다."

"그 강력한 악마를 도대체 누가 죽인 겁니까? 검은색 분들이 죽이셨나요?"

나는 대답 대신 설원 너머에 쓰러져 있는 초월자들의 시체를 가리켜 보였다.

이자들은 초월자들이 죽기 전에 붙잡혀서 의식을 잃은 모양이었다.

백인은 내 손가락을 따라 시선을 옮기더니 경악한 표정을 지었다.

"맙소사……."

"당신은 어디서 오셨습니까?"

내가 묻자 백인이 당황스러워하며 되물었다.

"어디서 오다니요?"

"미국? 유럽? 아니면 혼혈입니까?"

내 질문에 백인이 한쪽 눈썹을 치켜 올렸다.

"뭔가 낯익은 느낌이 났나 했더니 당신도 지구인이었군요. 저는 미국 시카고에서 왔습니다."

그가 내게 손을 내밀었다.

"맥스라고 합니다."

"저는 정우성입니다. 한국인이죠."

"아, 유정 양과 같은 곳에서 오셨군요. 이 녀석은……."

맥스라고 불린 백인은 그 외에 또 의식을 잃고 쓰러져 있던 다른 선각자를 발로 걸어찼다.

"으억!"

그는 화들짝 놀라더니 후드를 뒤로 젖히며 자리에서 일어났다. 갈색 피부에 검은 머리칼의 동양인이었다.

"성화. 같은 지구인이다."

"뭐라고?"

동양인은 눈을 동그랗게 뜨더니 나를 바라보았다. 하지만 그렇게 놀랍지는 않은지 내게 손을 내밀며 말했다.

"고성화라고 합니다. 인도네시아와 한국 혼혈이죠."

"반갑습니다. 정우성이라고 합니다. 한국인입니다."

"신기하게 한국인이 많네요. 유정 양도 한국인인데."

고성화는 주변을 둘러보더니 아까 맥스와 같은 질문을 내게 던졌다.

"어떻게 된 겁니까?"

"모두 정리되었습니다. 알 비올레스를 죽이니깐 나머지 권속들도 모두 사라지더군요. 혹시 장군급 악마들은 못 보셨습니까?"

내가 묻자 맥스가 고개를 끄덕이며 말했다.

"저희도 그걸 이상하게 생각했습니다. 그런데 저희가 의식을 잃기 전, 알 바흐레골 쪽을 맡고 있는 빌에게서 연락이 왔는데 그곳에 모든 군대가 집결해 있다고 하더군요."

"빨리 가서 지원을 해야겠네요."

최종 보스라 이건가.

알 바흐레골의 권속들이 있고, 또 장군급 악마들의 권속들이 따로 있다.

따라서 지금까지와는 달리 알 바흐레골만 죽인다고 끝나는 것이 아니다.

장군급 악마들도 모두 죽여야 한다는 뜻인데, 그들의 숫자가 얼마나 될지 도무지 가늠을 할 수가 없다.

다수에는 장사 없듯이 내가 아무리 강력한 소멸의 힘을 가지게 되었다 하더라도 알 바흐레골과 장군급 악마들을 모두 상대할 수는 없는 것이다.

이제는 나 외의 다른 선각자들의 힘이 필요할 때가 온 것 같았다.

그때 고성화가 내게 물었다.

"어느 쪽에서 오셨습니까? 같은 펜서 소속 맞죠?"

"네. 저는 알 아란 쪽에 있다가 이쪽으로 왔습니다. 유정 양과 제리코, 그리고 사일러는 알 바흐레골 쪽으로 가는 것 같더군요."

"확실히 그쪽 상황이 열악하긴 하죠. 이쪽도 이제 정리되었으니 알 바흐레골만 잡으면 되겠군요."

고성화는 고개를 끄덕였다. 그러더니 갑자기 손뼉을 크게 치며 외쳤다.

"아! 그런데 알 비올레스는 어떻게 죽은 겁니까!"

"이분이 죽이셨어."

맥스가 대답했다. 고성화는 날 위 아래로 훑어보더니 씨익 미소 지었다.

"보기보다 강하시군요! 이상하게 베나레스가 읽히지 않는다 싶더니만. 설마 검은색 분들보다 강하신가요?"

"성화. 검은색 분들은 모두 전사하셨어."

"뭐?"

고성화는 그 사실을 이제 서야 알았는지 버럭 고함을 질렀다.

"그게 무슨 소리야? 우리가 잡히기 전까지만 해도 건재하셨는데……."

"알 비올레스가 그만큼 강했다는 뜻이겠지. 그런 알 비올레스를 이분께서 잡은 거고."

"이럴 수가… 그분들은… 시신은 지금 어디 있지?"

"저쪽 설원에 있어. 나와 함께 가자."

맥스는 고성화의 어깨를 두드리더니 나를 돌아보며 말했다.

"저희는 검은색 분들의 시신을 수습하고 뒤따라가겠습니다. 먼저 가십시오."

"네."

나는 설원을 걸어가는 두 사람의 뒷모습을 지켜보다가 북쪽으로 발걸음을 돌렸다.

천천히 가면 저들이 합류하는 속도에 맞춰서 알 바흐레골을 상대할 수 있을 것이다.

또 알 바흐레골이 가장 강력한 만큼 사일러라든지 다른 검은색 초월자들과 합동해서 싸워야 할 것이다.

"거의 끝이 보이는군."

나는 지평선 끝에서 해가 떠오르는 것을 보며 가슴이 벅차오르는 것을 느꼈다.

이제 정말 지구로 돌아가는 것이다.

그러자 끝이라고 생각했던 순간들이 파노라마처럼 스쳐지나갔다.

쉬바쿰에 잡혔을 때,

악마에게 처음 붙잡혔을 때,

알 주골찬의 실험실에 갇혔을 때 등등.

정말 머지않았다.

머지않았어.

*   *   *

나는 설원의 나무 뒤에 숨어 저 멀리 있는 작전 초소를 바라보았다.

마음 같아서는 작전 초소로 들어가고 싶었지만 지금 나는 명령을 듣지 않고 무단으로 진영을 이탈한 상태다.

따라서 알 바흐레골과의 본격적인 전투가 시작되면 난전으로 접어들 때 접근하는 수밖에 없다.

현재 내가 서 있는 곳은 전쟁 지역과 얼마 떨어지지 않은 곳이다.

지금까지 꽤 오랫동안 인간들의 군대와 알 바흐레골의 군대가 접전을 벌였지만 양쪽 모두 병력이 많이 남아 있었다.

인간 진영은 병사들은 각 나라에서 계속해서 차출하고 있는 상황이었고, 알 바흐레골 진영은 모종의 방법을 통해 악마들을 지옥에서 부르고 있었다.

아무튼 지금은 잠시 휴전 상태였다. 본래 잘 지치지 않는 것이 악마들의 특성이었지만, 내가 알 아란과 알 비올레스를 처치해서인지 당황한 듯 보였다.

나는 하늘을 날아다니는 무수히 많은 악마를 바라보면서 조용히 명상에 잠겼다.

내 베나레스는 완벽한 순백의 숲이다.

즉, 악마의 베나레스 라고는 눈을 씻어보고 봐도 찾아볼 수 없다.

그렇다면 알 노이굽스와의 계약은 어떻게 되는 거지? 내게는 산도에게 건네줄 그의 힘이 남아 있지 않다.

혹시 물극필반을 이루면서 알 노이굽스의 힘이 원래 주인에게도 돌아간 것일까?

아직 알 라스트로트가 알 노이굽스의 영혼을 반쯤 가지고 있으니 그에게로 힘이 계승되었을지도 모르겠다.

아니면 알 노이굽스가 인정한 계승자인 산도에게 갔을

수도 있다. 그래, 아마 그럴 것이다.

그래야 계약 조건이 성립되면서 내가 소멸하지 않고 이 자리에 있을 수 있는 것이다.

그렇다면 이제 정말 두 번째 계약 조건만 지키면 되는 것이로군. 산도를 마왕의 자리에 앉히면 된다.

정치적인 감각과 더불어 알 노이굽스의 힘을 갖게 되었으니 산도는 고금을 통틀어 가장 강력한 마왕이 될 것이다.

알 바흐레골만 없으면 지옥은 통합하고도 남겠고, 또 이곳 리스트리안으로 침공할지도 모르지.

하지만 거기까지는 알 바가 아니다. 나는 지구로만 돌아가면 된다.

산도가 미쳐서 날뛰든, 이 세계가 무너지든 어찌 되든 지구로 돌아가기만 하면 된다.

그때였다.

옆에서 인기척이 느껴져서 고개를 돌려보니 누군가 나무 그늘 아래 서 있었다.

"오랜만이군요, 베인."

호랑이도 제 말하면 온다더니 산도였다. 아니, 알 산도리누스라고 해야 하나?

산도는 푹푹 파이는 눈을 밟으며 내게 다가오더니 말했다.

"힘은 잘 받았습니다. 제 아버지의 힘을 가지고 계셨더군요?"

마치 왜 진작 말하지 않았냐는 듯한 어투였다. 나는 어깨를 으쓱하며 대답했다.

"네, 이제 주인에게 돌아갔죠."

"흐음, 이상하게 베인의 베나레스를 읽을 수가 없군요. 알 바흐레골을 제외하고는 두 번째네요."

나는 산도의 말에서 안심을 느꼈다.

산도가 알 바흐레골의 베나레스를 읽지 못하듯이, 내 베나레스를 읽지 못하는 것은 그와 나의 차이가 현격하지 않다는 뜻이다.

상반상정에 이어 물극필반까지 깨달았으니 깨달음의 차이가 그렇게 뒤쳐지지는 않을 것이다.

"그런데 선각자들을 지구로 돌려보내주겠다고 하신 말씀 진심입니까?"

내가 묻자 산도가 고개를 끄덕였다.

"물론이죠. 약속은 약속입니다. 에리카에게서 들으셨나보죠?"

에리카라면 유정의 이 세계 이름이다. 내가 고개를 끄덕이자 산도가 이어서 말했다.

"그렇다면 이제 모든 것을 알겠네요."

"아직 궁금한 것이 있습니다."

"말씀해보세요."

나는 혹시 모를 때를 대비하여 베나레스를 끌어 올리며 말했다.

"우리들을 이곳으로 데려오기 위해 많은 마법사가 힘을 합친 것 아닙니까? 그들은 지금 어디 있습니까? 잠적을 감췄다는 말은 하지 마십시오. 숨더라도 못 찾아낼 리가 없지 않습니까?"

"하하. 물론이죠. 그들은 잠적을 감춘 게 아닙니다. 제가 죽였죠."

역시 산도가 죽였군. 산도가 마왕의 자리에 등극하게 되면 가장 눈엣가시 같은 존재들이 바로 그 마법사들이었을 것이다.

"그럼 혼자 어떻게 우리들을 원래 있던 곳으로 보내준다는 말입니까? 아무리 알 노이굽스의 힘을 계승했다고 하더라도 힘들 텐데요."

"제게 다 방법이 있습니다. 아버지의 힘을 계승하면서 계약 또한 제가 담당하게 되었습니다. 따라서 계약에 의해 베인님도 안전하게 돌려 보내드리지요."

나는 산도를 묵묵히 노려보았다.

어두운 기운으로 가득 찬 그의 몸이 더욱더 어둡게 변했다. 암중에서 어떤 계획을 꾸미고 있는 것이 분명하다.

마법사들이 자신보다 실력이 낮은 상대방의 거짓말을 간파하는데 쓰는 원리가 이것과 같은 건가?

아무튼 산도의 말은 걸러서 들을 필요가 있었다.

그 아비에 그 아들일 테니 결코 손해를 보려고 하지 않을 것이다.

산도같이 계획에 따라 딱딱 들어맞게 모든 것을 실행하는 자는 찝찝한 것을 결코 남겨두려고 하지 않을 것이다.

즉, 내가 세운 가설대로 선각자들을 모두 죽일 가능성이 높았다.

정신 바짝 차리고 있어야겠군.

"알 바흐레골은 언제 칠 예정입니까?"

내가 묻자 산도가 볼을 긁적이더니 대답했다.

"그 급한 성격상 조만간 출병할 것입니다. 알 아란과 알 비올레스가 죽었으니 초조하겠죠."

나는 산도가 바라보는 곳을 같이 쳐다보았다. 그곳은 알 바흐레골의 군대 너머에 있는 빙벽이었다.

빙벽 위에 한 사내가 팔짱을 낀 채 서 있었다.

생김새가 잘 보이진 않았지만 샛노랗게 빛나는 그의 눈동자만은 선명하게 보였다.

산도를 바라보니 그의 눈동자가 붉게 빛나고 있었다. 형

제간에 눈싸움이라도 하고 있는 것일까.

"알 바흐레골은 얼마나 셉니까?"

"흠."

산도가 잠시 고민하더니 대답했다.

"사일러님과 저, 그리고 베인님이 힘을 합쳐야 잡을 수 있을 겁니다. 아버지의 핏줄만 제가 물려받았을 뿐, 알 바흐레골의 전투 감각은 아버지의 전성기 시절을 능가한다고들 하더군요."

"다른 선각자들이나 검은색 초월자들은 안 싸웁니까?"

"그들은 알 바흐레골의 공격권 안에 서 있지도 못할 겁니다. 그들은 적어도 제가 베나레스를 읽을 수 있으니깐 말입니다."

그 뜻은 선각자들의 실력이 그리 좋지 않다는 것과, 검은색 초월자들 중에서는 사일러가 가장 강하다는 것이로군.

의념을 이용한 대결. 산도의 실력은 어느 정도일까? 의념은 사용할 줄 아는 걸까?

나는 아까 끌어올렸던 베나레스를 이용해 작은 고리 하나를 만들었다. 그리고 그것을 천천히 산도에게 쏘아 보냈다.

그러자 산도의 어깨 위로 후광 같은 것이 일어나더니 고리를 그대로 태워 버렸다.

"걱정하지 않으셔도 됩니다. 아버지의 힘을 계승하고 나서 제 힘은 비약적으로 상승했습니다. 알 바흐레골 보다 약하긴 하지만요."

"알 바흐레골을 처치하면 우리를 바로 돌려보낼 겁니까?"

"마법진을 만들어 놓았습니다. 걱정 마십시오."

산도는 나를 보더니 씨익 웃었다.

"알 바흐레골만 죽여주시면 됩니다."

그렇게 말하는 그의 가슴 안에서 검은색 연기가 스멀스멀 피어올랐다. 분명히 뭔가가 있다.

그때였다.

설원 저 너머에 뭉쳐 있던 권속들이 괴성을 지르며 달려오기 시작했다.

전쟁이 재개된 것이다.

"그럼 전 이만."

산도가 그렇게 말하더니 검은색 연기로 변하여 사라졌다. 나는 좀 더 높은 곳으로 올라가서 상황을 지켜보았다.

검은색 초월자들이 선봉에 서서 괴물들을 상대해 나갔다. 몇몇의 손에서 기이한 마법이 튀어 나갔고, 몇몇은 섬광을 뿜으며 검을 휘둘렀다.

압도적인 무위를 자랑하는 것은 역시 사일러였다. 그는

발록같이 생긴 악마를 단 일격에 쓰러뜨리며 병사들의 사기를 북돋았다.

하지만 악마들도 만만치 않았다.

그저 숫자를 채워줄 뿐 실질적으로는 거의 아무 도움이 되지 않는 병사들이 수수깡처럼 쓰러졌다.

장군급 악마들은 자신들에게 용감하게 달려드는 기사들을 비웃으며 손톱으로 두 조각냈다.

더욱 절망적인 것은 진영의 맨 뒤에서 마법으로 권속들을 만들어내는 알 바흐레골이었다.

그가 허공에 마법진을 수놓을 때마다 그곳에서 권속들이 쏟아져 나왔다.

아몬을 비롯해서 주로 날개가 달리거나 덩치가 큰 녀석들이 나왔다.

인간이 날지 못하는 이상 비행형 악마를 쉽게 상대하지 못한다는 것을 그는 잘 알았다.

또한 일단 덩치가 큰 녀석들이 나오면 약하든 강하든 인간들의 사기가 급격히 떨어진다는 것도 알았다.

나는 슬슬 알 바흐레골 쪽을 향해 발걸음을 옮겼다. 전장을 휘젓고 다니는 사일러와 그 사이의 거리가 점점 좁혀지고 있었다.

산도는 어디에 있지?

인간 진영에서 가장 어두운 기운을 가진 자를 찾아보았다. 그러자 수많은 베나레스 사이에서 알 노이굽스의 기운을 가진 산도가 눈에 들어왔다.

그는 전장이 혼란스러운 틈을 타서 허공에 마법진을 그리며 권속들을 만들어내고 있었다.

사람들에게 들켜서는 안 된다는 계약이 있어서 강한 권속들을 만들어낼 수는 없었고, 아몬 정도의 권속들을 만들어냈다.

한 손으로는 마법진을 그리고, 다른 한 손으로는 강력한 마법을 뿜어냈다.

그의 손에서 벼락이 솟구칠 때마다 권속들이 가루가 되어 사라졌고, 공기마저 불태워 버리는 검은 화염은 지독했다.

알 바흐레골과의 싸움은 그가 산도나 사일러 중에서 한 명과 붙기 위해 달려 나올 때 시작될 것이다.

아니면 그 반대로 산도나 사일러가 그에게 먼저 달려들수도 있겠다.

아무튼 나는 그때를 기다렸다가 전투에 합류하면 된다. 지금은 철저히 내 기운을 숨기고 있다.

만약 내가 기운을 드러내며 알 바흐레골에게 다가가면, 위협을 느끼고 도망칠지도 몰랐다.

물론 이 수많은 군대를 이끄는 수장이기 때문에 그러진 않겠지만 어찌 되었든 또 다른 변수를 만들기 싫다.

나는 빛의 검을 휘두르며 종횡무진 전장을 누비는 사일러의 옆에 가서 섰다.

사일러는 내 존재를 눈치채지 못했는지 그저 악마들을 양단 내는데 집중했다.

하지만 막 내가 말을 걸려던 찰나, 그가 나를 향해 휙 돌아보더니 말했다.

"원래대로 돌아왔군, 베인."

"그런 셈이죠."

"깨달음을 얻은 것을 축하하네. 그런데 그 힘은 선각자들의 것인데, 자네도 선각자였나?"

"굳이 따지자면 그렇죠."

나는 나를 향해 달려드는 악마의 배를 걷어찼다. 아직 내 베나레스를 사용하면 안 된다.

"여전히 세상이 공허하다고 생각하나?"

사일러가 거대한 악마의 어깨 위에 올라타 목을 잘라내 버리고는 훌쩍 뛰어내리며 말했다.

세상이 공허하다라.

세상은 여전히 수정력에 의해 돌아간다. 수정력을 거스른다는 것은 존재할 수 없다.

수정력을 거스르려는 알 노이굽스의 일탈 행위는 결국 미연에 방지되었다.

내게 흡수됨으로써 그는 이 세상에서 사라졌다. 수정력에 거스르려고 하면 그렇게 되는 것이다.

내가 물극필반을 이루어 원래대로 돌아왔을 때도 여전히 수정력은 계획된 대로 움직였다.

내가 이곳에서 얻은 힘을 소멸시키는 대신 산도에게 넘겨주어 나의 성장과 그의 성장을 조화롭게 맞췄다.

결국 수정력의 손에서 벗어날 수 없는 것이다. 따라서 공허하다.

하지만 사일러는 세상이 자율 의지로 충만하다고 말한다. 그는 그 자신이 주체적으로 생각하고 행동한다고 믿는다.

만약 그의 지각 범위가 나보다 좁고, 의념의 힘이 나보다 강하지 않았다면 무시했을 것이다.

쿠구구궁—

사일러가 의념의 방어막을 둘러 장군급 악마들의 일제 공격을 막아냈다.

그들의 관자놀이에 난 뿔이 장군급 악마임을 알려주었다. 사일러를 동시에 공격하는 숫자는 무려 다섯.

사일러는 다섯 마리의 장군급 악마들을 동시에 상대하면

서도 전혀 위축되거나 물러나는 기색이 없었다.

파지지지직—

악마들이 그를 향해 마법을 쏘아 보내고, 손톱을 휘둘러 의념의 막을 깨뜨리려고 했다.

하지만 그 모든 행위들은 그저 푸른 불꽃만을 튀길 뿐 사일러가 만들어낸 방어막은 멀쩡했다.

어떤 악마 한 마리가 놀랍게도 손톱에 의념의 힘을 실어 공격했다.

쩌정—

악마의 공격에 의념의 막에 약간의 금이 갔다. 그러자 자신감을 잃었던 악마들이 광소하며 공격을 재개했다.

나는 사일러를 공격하는 악마들 중에 한 마리의 목덜미를 움켜잡고 뒤로 날려 보냈다.

퍼억—

"큭!"

악마는 뒤에 있던 권속들을 볼링핀처럼 넘어뜨리며 땅바닥에 처박혔다.

"무, 무슨?"

녀석은 내 존재를 전혀 눈치채지 못하고 있다가 화들짝 놀라며 자리에서 일어났다.

"세상은 여전히 공허하죠."

나는 사일러를 돌아보며 말했다. 그러자 사일러가 빛나는 검으로 악마의 심장을 쪼개 버리며 한숨을 내쉬었다.

　"세상이 수정력에 따라 돌아가는 것은 사실이네. 하지만 그 모든 것이 이미 계획 '되' 고 예정 '된' 것이 아니라, 우리들이 자율 의지에 따라 계획 '하' 고 예정 '한' 것이라 생각해보지는 않았나?"

　"우리들의 자율 의지로 이 세상이 굴러간다면 이 무섭도록 철저하게 지켜지는 조화로움은 어디서 기인한 것이죠?"

　"애초부터 조화로움을 지키는 대상은 없다네. 수정력은 우리 안에도 존재한다네. 수정력이란 무엇인가. 세상 만물을 움직이는 힘이지. 내가 이렇게 악마를 죽이는 것이 뭐라고 생각하나?"

　사일러가 또 다른 악마를 일도양단하며 말했다. 내가 대답했다.

　"세상이 돌아가는 것에 관여하는 것이죠."

　"그렇지. 그렇게 따지면 나 또한 세상 만물을 움직인다고 볼 수 있지. 자네 말로 따지면 이 악마에게 예정되어 있던 계획을 내가 방금 없애 버린 거야."

　"하지만 그러한 변수 역시 이미 계획된 것이죠. 당신이 계속해서 악마들을 죽여 그것이 조화를 흔들게 할 정도까지 도달하게 되면, 수정력은 조화를 맞추기 위해 모종의 행동을 취할 것입니다. 이를 테면, 알 바흐레골의 개입을 들 수 있겠네요."

내가 말하기 무섭게 설원 너머에서 지켜보고만 있던 알 바흐레골이 우리 쪽을 향해 날아왔다.

그러자 사일러가 지독하다는 표정으로 날 바라보았다.

"그것 또한 수정력의 행위라고? 알 바흐레골의 자율 의지라고 생각해 보지는 않았나?"

"좋습니다. 자율 의지의 존재를 인정하겠습니다. 하지만 그것은 언제까지나 수정력이 이미 계획을 마친 상태에서 일어나는 자율 의지에 불과합니다. 여전히 공허하죠."

"음, 언젠가는 깨닫겠지. 일단 알 바흐레골부터 상대하도록 합세."

나는 우리 앞에 우뚝 멈춰 선 알 바흐레골을 바라보았다.

알 바흐레골은 알 아란, 알 비올레스에 비해 월등히 강한 존재감을 가지고 있었다.

그의 눈동자에는 자신감이 넘쳤고 가슴에서 타오르는 그의 베나레스는 하늘을 찌를 듯이 높이 치솟았다.

"상당히 걸리적거리는군, 늙은이. 그리고 너도 정체를 숨기고는 있지만 상당히 신경 쓰인다."

알 바흐레골이 나를 바라보며 말했다. 드러내지 않았지만 어느 정도 눈치를 채고 있었군.

그렇다면 숨길 필요도 없지. 나는 베나레스를 개방하며 놈을 노려보았다.

알 바흐레골은 나와 사일러를 번갈아 쳐다보더니 웃었다.

"형이 나를 위해 꽤 많은 걸 준비 했군?"

"그래. 너를 위한 무대다, 동생아."

그때 저 멀리 있던 산도가 날아오더니 사일러 옆에 섰다.

사일러 또한 이미 산도가 악마라는 사실을 알고 있었는지 알 바흐레골과 산도가 나누는 대화에 놀라는 기색이 없었다.

알 바흐레골이 몸을 부르르 떠는 척을 하더니 말했다.

"으으, 무서운걸?"

"이 순간을 얼마나 손꼽아 기다렸는지 모를 거다, 동생아."

산도가 나찰 같은 미소를 짓더니 억눌렀던 힘을 개방했다. 그러자 그의 눈동자가 피처럼 붉게 변했다.

동시에 피부가 회색빛으로 물들고 관자놀이에서 염소 뿔이 급격한 속도로 자라나기 시작했다.

알 바흐레골은 그 모습을 보더니 다소 놀란 기색을 보였다.

"아버지의 힘을 계승했군!"

"내가 진정한 후계자라는 뜻이지."

산도가 송곳니를 드러내며 말했다. 그러자 알 바흐레골이 코웃음 치며 응수했다.

"하지만 지금 지옥은 내 손 안에 있지."

"두고 보면 알 것이다, 동생아."

산도가 알 바흐레골을 향해 손을 내밀었다. 그의 손에서 번개 줄기가 수백 다발 쏟아져 나왔다.

"죽어라."

CHAPTER **09**
전쟁의 종막

꽈르릉―

수백 다발의 번개 줄기가 알 바흐레골의 몸을 때렸다. 하지만 알 바흐레골은 의념에 몸을 맡기고 손쉽게 공격을 피해냈다.

알 바흐레골이 피하는 곳을 향해 사일러가 의념의 검을 쏘아 보냈다.

마치 순간이동을 한 것처럼 허공을 격하고 날아간 의념의 검이 알 바흐레골의 어깨를 스치고 지나갔다.

"짜릿한걸."

알 바흐레골이 미소 짓더니 공중으로 몸을 날렸다. 그 뒤를 산도와 사일러가 쫓았다.

쿠구구궁—

하지만 둘은 이내 다시 땅에 착지할 수밖에 없었다.

공중에 떠오른 알 바흐레골의 발에서 의념의 줄기들이 솟아 나오더니 나무가 뿌리내리듯 지면에 박혀 들어갔다.

그와 함께 녀석의 몸에서 의념이 수십 배나 증폭되어 흘러나오기 시작했다.

"크윽!"

산도가 그제 서야 의념을 사용하여 보호막을 만들었다.

사일러 또한 침착하게 방어막을 만들어 그 안에 몸을 숨겼다.

나는 틈을 노리다가 알 바흐레골이 뭐라고 말하려던 찰나에 소멸의 검을 날렸다.

내 의념으로 만들어진 검은 누에고치처럼 의념의 막으로 몇 겹이나 둘러싼 알 바흐레골을 향해 쇄도했다.

쩌저저적—

"아니?"

소멸의 힘이 담긴 검은 천천히, 하지만 확실하게 수십 개의 막을 부서뜨리며 알 바흐레골의 심장을 향해 날아갔다.

알 바흐레골이 당황했는지 베나레스를 더 끌어올리기 시

작했다.

팅—

그러자 힘이 다한 소멸의 검이 팅겨 나오며 근처를 지나던 악마의 몸을 꿰뚫고 지나갔다.

"내가 널 얕보고 있었군."

알 바흐레골이 날 보더니 말했다. 그사이 준비를 갖춘 산도와 사일러가 합공을 펼쳤다.

산도가 의념으로 만들어진 검을 쏘아 보냄과 동시에 손으로 온갖 마법을 뿜어냈다.

번개 다발이 튀어나오고, 꺼지지 않는 검은 화염과 주변의 대기마저 얼려버리는 거대한 얼음 조각이 그를 향해 쏟아져 나갔다.

사일러 또한 파괴적인 힘이 가득 담긴 빛의 검을 수십 개씩 뽑아내어 알 바흐레골을 향해 던졌다.

"하하하! 모두 소용없다!"

우리 셋 모두 의념을 빌어 공격하고 피하기 때문에 싸움의 전개가 일방적이지는 않았다.

알 바흐레골만 해도 우리의 공격을 가까스로 피해내고 있었다. 하지만 어찌된 연유인지 그는 지칠 줄을 몰랐다.

나는 땅과 연결되어 있는 의념을 통해 모종의 기운이 그에게 끊임없이 공급되고 있는 것을 발견했다.

사일러를 바라보니 그는 상당히 지쳐 보였다. 하기야 다른 악마들을 잡고 있다가 호적수인 알 바흐레골과 상대하게 되었으니 당연한 결과인가.

"젠장, 저게 뭐지?"

산도도 알 바흐레골의 발에서 뿜어져 나오는 의념을 보며 이를 갈았다.

그러자 알 바흐레골이 외쳤다.

"세계수와 내 의념이 연결되어 있는 것이다. 너희가 그곳을 소홀히 여긴 것이 큰 패착이었지. 오백 년 동안 모여 있던 세계수의 순수한 힘이 모두 내 것이 되었다!"

이런 젠장.

내가 소모전에서 빠져나온 결과가 이렇게 돌아올 줄이야.

알 바흐레골은 알 아란과 알 비올레스를 잃었지만 세계수를 얻었다.

그것은 과연 손해일까? 이득일까? 조화를 이룬 것일까?

이 지독하게 얽힌 세계의 수정력에서 벗어날 수가 없다.

나는 그 지독함에, 그리고 물밀듯이 밀려오는 공허함에 몸서리치며 의념의 칼을 만들어냈다.

내 베나레스의 양도 결코 뒤지지 않는다. 알 노이굽스의 힘을 모두 체화한 상태에서 물극필반을 이룬 것이기 때문이다.

　내 주변으로 의념으로 만들어진 칼이 우후죽순처럼 피어
올랐다.

　"죽어라!"

　하나하나 소멸의 힘이 담긴 의념의 검들이 알 바흐레골
을 향해 날아갔다.

　알 바흐레골은 내 공격을 보더니 얼굴을 굳히며 더욱더
많은 베나레스를 끌어 모았다.

　쭈와아악—

　그의 발을 타고 세계수의 힘이 공급되었다. 알 바흐레골
은 그 힘으로 자신의 방어막을 더욱더 두껍게 만들었다.

　쿠구구구궁—

　나는 수백 개의 검을 하나로 합쳐 그의 둥그런 보호막을
향해 내리쩍었다.

　검과 보호막이 부딪치며 일어난 푸른 불꽃이 사방을 뒤
덮었다. 충격의 파동에 땅이 뒤집어지고 반경 백여 미터에
있는 생명체들이 모두 튕겨 나갔다.

　"크윽, 어디서 이런 힘이 나오는 거지?"

　알 바흐레골이 당황해하며 점점 밀려나는 자신의 보호막
을 바라보았다.

　그런데 그때였다. 산도가 비명을 지르더니 그의 입에서

검은 연기가 흘러나왔다.

이윽고 그가 정신을 잃고 쓰러졌으나, 그가 다시 일어났을 때 그는 더 이상 산도가 아니었다.

"흐흐, 잘 있었나?"

"알 노이굽스!"

경악스럽게도 그는 알 노이굽스였다. 내 안에 흡수되어 사라졌던 것 아니었나?

아뿔싸!

내가 물극필반을 이루면서 알 노이굽스로부터 계승한 힘과 흡수한 그의 영혼까지 모두 산도에게 넘겨주게 되었다.

하지만 산도의 경지가 낮아서 힘만 흡수할 뿐 그의 영혼을 제대로 체화해내지 못한 것이다.

결국 산도가 자신의 힘을 모두 소모하자 무의식의 기저에서 몸을 웅크리고 숨어 있던 알 노이굽스가 세상에 모습을 드러낸 것이다.

간혹 산도의 가슴에서 보이던 검은색 연기는 바로 알 노이굽스였던 것이다.

알 노이굽스는 지쳐서 휘청거리는 사일러를 저 멀리 날려버리고는 알 바흐레골에게 걸어갔다.

"알 바흐레골! 지옥을 포기해라. 지옥은 알 산도리누스의 것이다. 그가 내 진정한 계승자지."

그러자 알 바흐레골이 벌레 씹은 표정을 지으며 얼굴을 일그러뜨렸다.

"웃기는 소리! 내가 정당하게 힘의 원칙에 따라 지옥을 차지했다! 당신의 말 한 마디가 고대 때부터 내려오던 힘의 원칙을 뒤엎을 수 있을 거라 생각하나?"

"아니! 힘의 원칙은 중요하지. 암, 그렇고말고."

알 바흐레골이 무슨 소리를 하냐는 듯한 어투로 외쳤다.

"뭐?"

"하지만 힘의 원칙보다 더 선행되는 것이 있다. 바로 세계의 수정력이지. 수정력은 알 산도리누스가 지옥의 지배자가 될 것임을 계획하고 있다."

알 노이굽스가 손을 뻗었다.

그러자 그의 손에서 검은색 연기가 스멀스멀 흘러나오더니 세계수와 연결된 알 바흐레골의 의념을 휘감았다.

연기가 마치 목줄처럼 그것을 옭아매자 알 바흐레골의 방어막이 눈에 띄게 약해졌다.

"큭! 수정력이라니. 당신이 뭐라고 수정력을 안다는 것이냐. 수정력이 알 산도리누스를 지옥의 지배자가 된다고 계획했다는 것을 어찌 알았지?"

알 산도리누스가 광소를 터뜨리며 말했다.

"왜냐하면 내가 바로 수정력의 관리자기 때문이지. 수정력은 내 손아래 움직인다. 베인 너도 느낄 수 있지? 이 몸은 수정력 아래 소멸하지 않았다."

그건 아닌 것 같은데.

지금 알 노이굽스는 자신이 수정력으로부터 살아남은 줄 알고 있다.

즉, 내가 물극필반의 경지를 이루어 원래의 상태로 돌아갔다는 것을 알지 못하는 것이다.

하마터면 속을 뻔했군. 이로써 모든 것이 확실해졌다. 내가 이룬 물극필반의 경지는 완벽하다.

모든 것이 원래의 상태로 돌아갔다. 알 노이굽스도 그 덕분에 살아나게 되었고, 내 베나레스도 원래의 형태를 갖게 되었다.

그런데 자율 의지가 있다는 사일러의 신념은 어떻게 된 것일까?

나는 그와 다른 생각을 가지고 있을 뿐, 그가 틀린 것이 아니었다.

그가 생각하는 것이 틀린 것이었다면 그는 알 바흐레골의 공격 아래 살아남을 수 없었을 것이다.

자율 의지.

수정력이 존재하기 전에 자율 의지가 존재할 수 있을까?

그때 뭔가 뇌리를 스치고 지나갔다.

상반 상정을 잊고 있었다. 전과 후라는 상반된 개념은 구분할 필요가 없었다. 애초부터 상정하고 있는 것이다.

닭이 먼저냐 달걀이 먼저냐 하는 문제와 같은 이치인 것이다. 어느 것이 먼저라고 볼 수 없었다.

인간은 자율 의지를 가지고 있고 주체적으로 운명을 개척한다는 말도 맞았다.

어떠한 절대적인 존재가 있어 우리의 앞날을 계획하고, 조화를 유지할 수 있도록 수정한다는 것도 맞았다.

절대적인 존재도 결국 자신의 의지를 가지고 수정력을 휘두르는 것이다.

또한 그가 조화를 유지하려고 하는 것 또한, 그 스스로 수정력의 지배를 받고 있다는 뜻이다.

순간 나는 수정력을 관리하는 차원의 관리자의 존재를 느낄 수 있었다.

차원의 관리자는 존재하고 있었다.

그의 형태는 공허였다. 그는 공허의 형태로 차원에 존재하고 있었다.

의념을 상실한 수많은 영혼의 무덤, 공허의 공간. 그곳이 조화를 이루기 위해서는 의념을 가진 자가 있어야 한다.

의념을 가질 수 없는 공간에 의념을 가지고 있는 자.

모순된 법칙을 깰 수 있는 자는 차원의 관리자밖에 없다.

아, 그렇구나.

상반상정이든 어떤 이치든 결국 모든 것은 정반합(正反合)이라는 기본 원칙에 도달한다.

애초의 상태로 돌아간다는 뜻에서 물극필반과 그 맥을 같이한다.

만류귀종이라는 말이 왜 나온 말인지 알 수 있을 것 같았다. 정(正)과 반(反)이 합(合)쳐져 결국 하나가 된다.

정(正)과 반(反)이 합(合)쳐져 결국 조화를 이룬다. 수정력을 이룬다. 의념을 이룬다.

내 의념이 곧 수정력이다. 내 의지, 내 생각이 곧 수정력이다. 따라서 자율 의지가 곧 수정력이다.

사일러는 수정력이란 것이 없고 자율 의지만 존재한다고 보았다. 하지만 그 생각은 틀린 것이었다.

수정력과 자율 의지 모두 존재한다. 그것은 모두 하나다. 자율 의지가 정(正)이라면 수정력은 반(反)이다.

그렇다면 합(合)은 무엇인가. 자율 의지와 수정력이 합쳐진 존재는 무엇인가.

바로 나(己)다.

나(己)는 나라는 의념 즉, 기(氣)의 덩어리다. 기(氣)는 개별 생명체마다 가지고 있는 특성이다.

개별 생명체가 가지고 있는 특성은 자율 의지다. 자율 의지가 곧 수정력이다.

수정력은 만물을 구성하는 기(氣)를 움직이는 힘, 기(氣)의 법칙성이다.

곧 수정력은 이(理)다.

이기불상리(理氣不相離).

천지만물의 법칙인 이(理)와 개별 사물의 기(氣)는 통일되어 있는 것이다.

그 순간 내 영혼이 몸에서 빠져나오는 듯한 착각이 일어났다. 아니, 그것은 착각이 아니었다.

내 영혼은 무한의 우주 너머, 공허의 공간으로 날아갔다. 설마 내가 소멸하는 것인가?

"아니다, 필멸자여."

감았던 눈을 뜨자 어두운 공간 속에 둥둥 떠 있는 의념의 덩어리를 볼 수 있었다.

의념이 존재할 수 없는 곳에 의념을 가지고 있는 자. 바로 차원의 관리자였다.

"당신이 차원의 관리자로군."

"그렇다. 내가 관리하는 차원을 통틀어 그것을 깨달은 자는 많지 않지."

"그들은 누구인가?"

내가 묻자 관리자가 대답했다.

"너희가 현자라고 일컫는 대부분의 필멸자들이 그것을 깨달았지."

"그자들은 모두 어떻게 되었지?"

관리자가 무미건조한 어조로 대답했다.

"지각의 범위가 차원을 통달해서 더 이상 육체에 얽매일 필요가 없었지."

"곧 죽었다는 의미로군."

"그래. 육체는 그들의 영혼을 더 이상 가둘 수 없게 되었지. 그들은 이내 자신의 의지에 따라 다시 내게 찾아왔다."

"그들이 왜 당신을 찾아왔지?"

"세상의 모든 것을 알아 허무해졌기 때문이지. 그들은 하나 같이 내게 소원을 빌었다. 어떤 소원일지 맞춰보겠는가?"

"허무하지 않게 해달라고?"

"그와 비슷하다."

관리자의 몸이 금색으로 깜빡거렸다.

"기억을 모두 제거하고 평범한 인간으로 살아가게 해달라고 빌었다."

나는 먼 옛날 이곳에 와서 차원의 관리자와 얘기를 나눴을 현자들을 생각해 봤다. 그리고 그들의 소원을 몸서리치게 이해할 수 있었다.

나 또한 그들의 생각과 다르지 않았다. 하지만 아직 모든 기억을 지울 수 없었다. 해야 할 일이 있었다.

　"해야할 일? 계약 말인가? 수정력을 모두 초월한 지금에 있어서 계약이 무슨 의미가 있지?"

　"계약이 아니다. 난 지구로 돌아가야 해."

　내 대답에 관리자 침묵하더니 이내 입을 열었다.

　"아직 생(生)에 대한 열망이 남아 있군. 지구란 곳이 너에게 그토록 소중한 곳인가?"

　"내가 살던 곳이고, 원래 내가 속한 곳이니깐. 이계에 있으면서 더욱 커져 갔던 것은 고향에 대한 그리움뿐이었다."

　"본질적으로는 이 차원과 네가 속한 차원이 다르지 않은데, 그것을 다르게 느끼는 이유는 그러한 기억과 그에 수반되는 감정 때문인가? 감정을 느낄 수 없는 나로서는 이해하기 힘든 영역이군."

　다시 한 번 관리자의 몸에서 금빛이 번쩍였다.

　"좋다. 그렇다면 그곳을 정리할 시간을 주지. 하지만 네가 지구로 돌아갈 수 있을 거라고 확신할 수 없다."

　"왜지? 당신이 차원의 관리자 아닌가? 나를 원래 살던 곳으로 돌려보내주지 못한다는 건가?"

　"그래. 그 방법은 어디까지나 네가 찾아야 하는 것이다. 내게 자율 의지가 있다고 해도 그것은 언제까지나 내 상위의 존재가 제한한 범위 내에서 발휘할 수 있을 뿐이다. 일종의 규칙과 같은 것이지. 사실 지금까지 변수가 너무나도 많이 발생해서 이미 그 차원에 많은 개입을 했다. 더 이상 개입하면 내 존재가 위태로워져."

"그렇군. 알겠다."

내가 고개를 끄덕이자 관리자가 이어서 말했다.

"너에게 하루라는 시간을 주겠다. 지구로 돌아가게 되면 그곳에서 기억을 잃은 채 평범하게 살게 될 것이고, 지구로 돌아가지 못하게 되면 리스트리안에서 기억을 잃은 채 평범하게 살게 될 것이다."

"난 소원을 말하지 않았는데?"

"그래. 그럼 소원을 말해보라."

"난 모든 기억을 잃고 싶지 않아. 이곳에서의 기억만 없애고 내가 원래 살던 삶을 살게 해줘. 리스트리안으로 넘어오기 전의 삶 말이야."

"그 소원은 이루어졌다."

관리자의 말이 끝남과 동시에 내 영혼은 공허의 공간에서 멀어졌다.

그리고 순식간에 원래 육체 속으로 들어왔다. 내 앞에서는 여전히 알 노이굽스와 알 바흐레골이 싸우고 있었다.

한 4초쯤 지난 걸까. 그 찰나라고 할 수 있는 순간에 내 영혼이 공간을 격하고 공허의 공간에 갔다 온 것이다.

"거짓말하지 마라, 알 노이굽스. 관리자는 존재한다."

"뭐?"

알 노이굽스가 내게 고개를 홱 돌리며 외쳤다.

"너는 느끼지 못하는 건가? 내 안에 수정력이 흐르고 있는 것을? 너라면 느낄 수 있을 텐데?"

"그건 누구에게나 흐르는 것이다. 자율 의지와 수정력은 구분할 필요가 없는 것이지. 하지만 관리자라는 존재는 존재한다."

나는 손바닥을 펴서 그곳에 의념을 집중해 보았다. 내 자율 의지가 담긴 의념이 칼의 형상으로 허공에 나타났다.

"그것은……?"

알 노이굽스가 벙찐 표정으로 내 손바닥 위의 의념을 바라보았다.

"네가 다룰 줄 안다는 그 수정력이지. 어디 한 번 다뤄봐라."

의념의 칼이 알 노이굽스를 향해 날아갔다. 알 노이굽스는 자신의 의념으로 만든 칼로 내 것을 막아보려 했다.

하지만,

쿠구구궁─

내 의념의 칼이 그의 칼을 밀어냈다. 그의 칼은 내 칼 앞에 상쇄되며 허공 속으로 아스라이 사라졌다.

"이럴 수가! 설마 깨달은 것이냐!"

"그런 셈이지. 이만 죽어라."

내 칼이 알 노이굽스의 몸에 닿자, 그의 몸에서 빛이 뿜어져 나오더니 성화가 피어올랐다.

화르륵—

나는 불타 없어지는 알 노이굽스의 영혼과 산도의 영혼을 바라보았다. 얼떨결에 둘 모두를 해치워 버렸군.

산도의 영혼도 소멸되었으니 이제 제리코의 계약도 끝이 난 건가. 이제 알 바흐레골의 차례군.

내가 그를 돌아보자 알 바흐레골은 멍하니 사라져 가는 알 노이굽스와 산도의 영혼을 바라보고 있었다.

그는 그것을 묵묵히 바라보다가 이내 입을 열었다.

"나 또한 저렇게 되겠지?"

"물론이다. 물론 공허의 공간으로 가지는 않을 거야. 윤회에 윤회를 거듭하다가 다른 존재로 태어나겠지."

"그렇군."

알 바흐레골이 고개를 끄덕였다.

나는 또 하나의 검을 만들어 그에게 날렸다. 그는 의념의 막을 만들어 저항하지 않았다.

화르륵—

알 바흐레골이 불타올랐다. 그의 영혼이 재가 되어 허공 중으로 흩어졌다.

화르르륵―

그와 동시에 그의 권속들도 성화에 불타올랐다. 그들의 영혼 또한 알 바흐레골의 것과 마찬가지로 허공중으로 흩어진다.

만약 지각의 범위가 의식과 무의식의 경계를 넘는다면, 지금 설원 위에 펼쳐진 장관을 볼 수 있을 것이다.

수많은 금빛 가루가 허공중으로 흩어지는 이 장관을. 그것은 마치 흐드러진 벚꽃과도 같았다.

"아름답군."

저 멀리 튕겨져 나갔던 사일러가 내게 걸어오며 말했다. 그 역시 나와 같은 광경을 보고 있었다.

"끝내 깨달은 진리는 어떤 것이었나?"

"자율 의지와 수정력이 다르지 않다는 것이었죠. 닭이 먼저냐 달걀이 먼저냐 따질 수 없는 듯이, 자율 의지와 수정력 사이의 전후 관계는 따질 필요가 없는 것이었습니다."

정반합과 상반상성, 물극필반의 예를 들며 알려주고 싶었지만 세이브릴 어로 어떻게 설명해야 할지 감이 잡히지 않아서 그냥 입을 다물었다.

하지만 사일러는 그러한 예를 들어주지 않아도 어느 정

도 이해하는 것 같았다.

"그렇군. 내 깨달음은 아직 거기까지는 안 되는 것 같다. 그래도 다행인 것이 자율 의지가 존재한다는 것이군?"

"그렇죠."

"그럼 되었네. 난 이것에 만족하면서 살겠어. 그 깨달음을 얻어 버리면, 세상 살기가 허무해질 것 같으니깐. 난 아직 이 세상을 더 살아보고 싶다네."

사일러가 미소 지으며 나를 바라보았다. 그래. 나도 사일러의 수준에서 깨달음을 멈췄어야 할지도 모른다.

하지만 내가 깨닫지 않았더라면 알 노이굽스의 의지대로 세상이 흘러갔을 것이다.

비록 그가 깨달은 이치가 그릇된 것이었을지라도, 일부는 맞았기 때문에 그의 자율의지대로 세상이 변해갔을 것이다.

또 나는 소멸되었겠지. 결국 나는 이 이치를 깨달을 수밖에 없었다.

그때 유정과 맥스, 그리고 고성화가 나와 사일러를 향해 다가왔다.

"이게 어떻게 된 일이죠?"

유정이 다가오며 물었다.

"사일러님께서 알 바흐레골을 처치하셨습니까?"

맥스가 사일러를 바라보며 물었다. 그러자 사일러가 고개를 가로저으며 대답했다.

"아니, 베인이 해치웠네."

"정말 놀랍군요, 우성 씨. 그나저나 영혼이 아주 깨끗해 보이는데요?"

유정이 나를 향해 환한 미소를 지어 보였다.

나는 살짝 미소 지으며 응수해준 후, 조용히 눈을 감았다.

"그런데 산도는 어디 갔죠? 이제 우리들과의 약속을 지켜줘야 하는데."

고성화가 말했다. 눈을 감고 있지만, 사일러가 난처한 얼굴로 나를 바라보는 것이 느껴졌다.

내가 말해야겠군.

"산도는 알 노이굽스의 첫째 아들이었습니다. 본래 이름은 알 산도리누스죠. 저번에 유정 양께도 말씀을 드렸습니다만, 믿지 않으셨죠?"

"그의 말이 사실이다."

사일러가 보증해주자 그들은 일제히 경악에 빠졌다. 유정이 제일 먼저 충격을 떨쳐내며 말했다.

"그럼 이제 어떻게 되는 거죠? 산도도 죽은 건가요?"

"네. 산도는 죽고 계약은 파기되었죠. 계약을 지키지 않왔으니 산도의 영혼은 영원히 소멸 했을 겁니다."

"젠장! 지구로 돌아가지 못하는 것인가!"

고성화가 울분을 견디지 못하고 발을 굴렀다.

"아뇨, 방법은 있습니다."

"네? 그게 무슨 말입니까?"

맥스가 눈을 동그랗게 뜨며 나를 바라보았다.

그래. 방법은 있다.

이 차원이나 내가 원래 속했던 차원이나, 하나의 거대한 차원 체계에 속한 것이다.

한국에서 일본으로 여행갈 수 있듯이, 차원도 하나의 나라라고 생각하면 얼마든지 여행을 갈 수 있다.

내 자율 의지로. 이것이 인간의 권한을 넘어서는 행위일 수도 있겠다.

하지만 그렇다면 왜 인간에게 이 경지에까지 이르도록 허락했을까?

나는 자율 의지를 일으켰다. 자율 의지가 수정력을 간섭한다. 수정력을 이용해서 유정과 맥스, 그리고 고성화의 영체를 날려 버렸다.

내가 원래 있던 곳으로. 지구로.

눈을 뜨자 내 앞에 서 있던 세 명이 어디론가 사라졌다. 효과가 있었군.

"그들이 어디로 사라진 건가?"

사일러가 주변을 둘러보다 나를 돌아보며 물었다.

"원래 살던 곳으로 돌아갔습니다."

"그렇다면 자네는?"

"이제 가야겠죠?"

나는 다시 눈을 감았다.

"잘 가게, 베인."

"안녕히 계세요. 제리코와 호운, 그리고 루키아에게 제 안부를 전해주세요."

"그렇게 하겠네."

좋아. 이제 내 차례인가?

다시 자율 의지를 일으켜 수정력을 조작한다. 아니, 조작하려고 했다.

그 순간 영혼을 불태우는 듯한 충격과 함께 알 수 없는 음성이 귓가를 울렸다.

—너는 방금 신의 영역을 침범했다.

"당신은 누구십니까?"

—그분의 대리인이다.

"그분이라면 모든 차원을 관장하는 신입니까?"

—그렇다.

"신의 영역을 침범한 것이 무슨 상관이죠? 이건 제 자율 의지입니다. 그 어떠한 것도 제 의지를 거스를 수 없습니다.”

―네가 존재할 수 있게 만든 신의 의지 또한 거스를 수 있나? 너의 탄생의 근원을?

할 말이 없게 만드는군. 그분은 조물주를 말하는 것 같았다. 조물주가 정말로 존재하는 건가.

내가 곧 수정력이고, 그것은 곧 내가 차원의 관리자가 될 수도 있다는 것을 의미했다.

하지만 내가 조물주가 될 수 있나? 조물주는 상반상정, 정반합, 물극필반 등의 깨달음을 초월하는 영역이었다.

어떠한 과학적인 잣대도, 종교적인 잣대도, 깨달음의 잣대도 들이밀 수 없는 절대적인 영역이었다.

덜덜덜―

그것을 깨닫자 손이 떨려왔다.

―네가 어떤 짓을 저질렀는지 알게 되었지?

“관리자는 이렇게 되리라는 것을 알고 있음에도 불구하고 날 이곳으로 다시 보낸 겁니까?”

―아니. 그는 너의 자율 의지에 간섭할 수 없다. 순전히 네가 만들어낸 결과물이다.

“그럼 저는 어떻게 되는 겁니까?”

―나 역시 알 수 없다. 신께서 이렇게 하라고 하셨거든.

"어떻게 말입니까?"

—이렇게.

대리인의 말이 끝난 순간 눈앞이 새하얗게 변했다. 그와 동시에 내 의식이 끊어졌다.

CHAPTER **10**
살아남은 자들과, 그리고 잊혀진 자들

전쟁이 끝났다.

알 바흐레골과 그의 권속들의 죽음과 함께 전세는 순식
간에 역전되기 시작했다.

모종의 이유로 선각자들이 사라졌긴 했지만 검은색 초월
자들이 더 이상 알 바흐레골을 견제하지 않아도 되었기 때
문에 그들은 전장을 종횡무진 누비고 다녔다.

"으아아아!"

마지막 남은 악마의 심장에 칼을 쑤셔 넣은 기사가 울음
을 토해내며 괴성을 질렀다.

그러자 그것을 기점으로 살아남은 병사들이 병장기를 하늘 높이 치켜세우며 부르짖기 시작했다.

"이겼다아아아!"

"으아아아아!"

인간이 또 한 번 악마의 침공을 막아냈다.

그 역사적인 순간에 살아남은 자들은 승리의 기쁨과 감동에 전율하며 몸을 부르르 떨었다.

제리코도 그중 하나였다.

제리코는 손에 쥐고 있던 칼을 조용히 내려놓았다.

알 바흐레골이 사라지면서 그의 안에 있던 힘도 사라졌다. 그의 재능이 평범하게 돌아온 것이다.

그래도 오랜 세월 동안 닦아온 것이 있어서 모든 힘을 잃지는 않았다.

재능을 가지게 된 후에도 꾸준히 노력했으니.

섬광까지는 아니더라도 바람 정도는 일으킬 수 있을 것이다.

하지만 제리코는 검에서 완전히 손을 떼기로 마음먹었다.

전쟁이 끝나고 살아남은 자들은 시체를 수습하고, 고향으로 돌아갈 준비를 시작했다.

제리코는 승리의 기쁨에 환호성을 지르며 뛰어가는 병사

들을 보며 살짝 미소 지었다.

그가 향한 곳은 작전 초소였다.

천막을 열고 안으로 들어가자 축하의 술잔을 들고 있는 검은색 초월자들과 사령관들이 보였다.

"어서 오게, 제리코. 수고가 많았어."

축하의 중점에 서 있는 사일러가 술잔을 내밀며 말했다.

제리코는 정중하게 술잔을 받아들어 한 모금 마신 후 말했다.

"알 바흐레골을 처치하시다니, 이제 명실상부 대륙 최고의 기사가 되셨군요."

"하하! 운이 좋았을 뿐이라네."

"아무튼 축하드립니다, 사일러님."

제리코는 사일러에게 고개 숙여 인사한 후, 한 쪽 테이블 앞에 앉아 자신을 바라보고 있는 유리에게 다가갔다.

유리가 제리코를 묵묵히 바라보더니 말했다.

"정말 은퇴할 생각인가?"

"예, 심신이 지쳐서 더 이상 칼을 잡을 수 없을 것 같습니다."

"안타깝군. 안타까워. 이번 전쟁에 대한 공을 인정받으면 기사 단장까지 오를 수 있을 텐데 말이야."

"그건 되었으니 돈으로 주십시오. 살기 좋은 도시로 가서 술장사나 해야겠습니다."

그러자 유리가 목젖이 보일 정도로 크게 웃어 재꼈다.

"크하하! 그래. 아쉽지만 어쩔 수 없지. 술집을 내거든 내게 이름을 꼭 알려주도록. 반드시 찾아갈 테니."

제리코는 유리에게 슬쩍 미소를 지어 보이고는 천막 밖으로 나왔다.

다음으로 그가 향한 곳은 부상자들 천막이었다.

그는 황급히 천막 안의 부상자들을 살펴보다가, 찾던 사람을 못 찾았는지 의무병을 붙잡고 물어보았다.

"루키아는 어디 있지?"

"루키아님은……."

의무병이 막 대답하려는 순간, 누군가 그의 뒤통수를 세게 후려쳤다.

"이 몸은 여기 있다!"

제리코는 순간 가슴이 철렁했다가 분노가 치솟는 것을 느꼈다.

거의 살인 충동이 일어났다.

"이 개자식이!"

"어어, 난 환자라고! 으악!"

하늘 높이 손을 치켜 올렸던 제리코는 목을 잔뜩 움츠리고 있는 루키아를 보고는 피식 웃었다. 그리고는 손을 천천히 내려 그의 어깨를 두드렸다.

"살아 있어서 다행이다. 상처는 어때?"

"어? 어, 상처. 괜찮은 것 같아."

루키아가 얼떨결에 옆구리에 난 상처를 보여주며 말했
다.

악마의 손톱에 길게 찢어져 있던 옆구리는 솜씨 좋게 꿰
매져 있었다.

"루키아, 너는 이제 어디로 갈 거냐?"

"글쎄, 당분간 휴식을 취할 것 같은데. 왜?"

"아니, 계속 펜서에 있을 거야?"

제리코의 물음에 루키아가 한쪽 눈썹을 치켜 올리며 말
했다.

"뭐야, 진짜 은퇴할 셈이야?"

"그래, 람부르트로 갈 거야."

"람부르트? 왜 하필 람부르트로 가는 거지?"

제리코는 조용히 고개를 가로저었다.

"몰라. 이상하게 그곳으로 가고 싶어."

"너 람부르트에 가본 적도 없잖아? 게다가 거긴 악마들
이 우글거리는 곳이라고. 물론 이제 없겠지만 말이야."

"그러니깐 말이야. 나도 왜 그곳에 가고 싶은지 모르겠
어. 아련한 그리움 같은 것이 느껴지는데, 도대체 왜 이런

감정을 느끼는지 모르겠군."

그때 루키아가 제리코의 귓가에 입을 가져다 대며 속삭였다.

"솔직히 말해봐. 람부르트에 숨겨둔 애인이 있는 거지?"

"이 자식이!"

이번은 참을 수 없었는지 제리코가 루키아의 정수리를 내리찍었다.

"끄악! 나 죽는다!"

루키아가 고통에 몸부림치는 사이 천막이 열리더니 호운이 안으로 들어왔다.

호운은 방방 날뛰는 루키아를 보더니 물었다.

"어라? 일어나셨네요? 그리고 제리코님은 언제 오셨어요?"

"방금 왔다. 호운 너는 이제 어떻게 할 거냐? 루키아와 나는 람부르트로 가서 술집을 차리기로 했다."

"술집? 내가 언제?"

루키아가 억울하다는 표정을 지으며 외쳤다.

제리코는 그런 루키아를 가볍게 무시하고 호운을 바라보았다.

호운은 잠시 고민하는 듯한 표정을 짓더니, 이내 고개를 끄덕이며 외쳤다.

"저도 같이 갈래요!"

"그래. 잘 생각했다. 나라에서 포상금이랑 연금이 나올 테니 그걸로 평생 먹고 놀자고."

"좋아요! 신난다!"

제리코는 기뻐하는 호운을 보며 살며시 미소 지었다.

그래, 강력한 재능보다는 사람이 더 중요하지.

한 때의 치기 어린 잘못으로 얼마나 귀중한 인연을 잃었는가.

제리코는 조용히 눈을 감으며 생각했다.

루비코, 공허의 공간은 어떠냐. 살기 힘들지?

나도 곧 따라가마. 일단 네 몫까지 열심히 논 다음에 말이야.

그때 불현듯 제리코는 자신이 어떻게 재능을 가지게 되었는지 생각이 나지 않음을 깨달았다.

뭐지?

내가 어떻게 재능을 가지게 되었지?

분명히 누군가에게 재능을 대가로 지인의 영혼을 바쳤는데.

그게 누구였지?

순간 머리가 쪼개질 것 같은 통증과 함께 그것에 대한 생각 자체가 사라졌다.

뭐, 이제 상관없지.

제리코는 호운과 루키아의 어깨 위에 팔을 떡하니 얹으며 외쳤다.

"가자! 람부르트로!"

*　　　*　　　*

다시 세상에는 평화가 찾아왔다.

알 바흐레골을 위시한 지옥의 강력했던 대장군들인 알 아란, 알 비올레스가 죽으면서 지옥은 다시 분쟁의 소용돌이에 휘말리긴 했지만.

어떤 악마들이 리스트리안으로 쫓겨난 알 산도리누스를 데려와야 한다고 주장했지만, 그의 위치 역시 아무도 알 수 없었다.

아무튼 인간과 악마 사이의 전쟁, 2차 리스트리안 전쟁이 끝나면서 사일러라는 전쟁 영웅을 탄생시킨 세이브릴은 명실상부 가장 강력한 나라가 되었다.

알 바흐레골에 의해 다시 오염되었던 세계수는 사일러에 의해 산산조각 나고, 조심스럽게 보관해두고 있던 세계수 종자를 그 자리에 다시 심었다.

알 수 없는 이유로 람부르트로 향한 제리코 일행은 그곳에 술집을 차렸다.

술집의 이름은 '제리코와 친구들'이었다.

전쟁이 끝났음에도 불구하고 람부르트에는 아직 악마들이 남아 있었는데, 알 바흐레골 편에 들지 않고 남아 있던 알 니헬과 그의 권속들이었다.

비록 재능을 잃긴 했지만 제리코는 강했다.

뿐만 아니라 루키아도 있었고 호운도 있었기 때문에 악마들을 몰아내는 것은 어렵지 않았다.

제리코가 람부르트에서 악마들을 몰아내자 사람들은 그를 새로운 악마사냥꾼이라고 불렀으며, 그에게 렝카스터라는 성을 마음대로 붙여 버렸다.

졸지에 렝카스터가 되었지만 제리코는 개명할 필요성을 느꼈다.

사일러와 함께 전쟁 영웅으로 제리코 또한 거론되었었기 때문이다.

제리코는 술집 이름을 '렝카스터 술집'으로 바꿨다. 그리고 아예 렝카스터 가문의 문장을 술집에 박아 버렸다.

몇몇은 진짜 렝카스터인 홀든을 기억했지만 홀든은 람부르트로 돌아오지 못했다.

그들은 홀든이 전쟁 중에 죽었을 거라고 생각하고, 이내 새로운 렝카스터를 받아들였다.

제리코는 알 니헬과 악마들을 쫓아낸 이후로 칼을 들지 않았다.

루키아와 호운도 그의 뜻을 잘 지켜주었다.

성격이 개차반이었던 제리코는 람부르트로 온 지 얼마 되지 않아 성격이 온화하고 부드러워졌다.

호운과 루키아는 장가갈 때가 되어서 성격이 유들유들해졌다고 야유를 보냈지만, 그것이 계약이 끝나 그의 원래 성격이 드러난 것임을 아는 자는 본인밖에 없었다.

하지만 놀랍게도 호운과 루키아가 야유한대로 그가 람부르트에 온 지 얼마 되지 않아 제리코는 옆집 여관 주인의 딸과 결혼을 하게 된다.

그렇게 제리코와 호운, 그리고 루키아는 역사 속에서 잊혀져 갔다.

사일러? 사일러는 아주 잘 살게 되었다.

아, 잊고 있을 뻔했다.

성기사단에 투신하기로 결정한 나바루스는 베인과 헤어진 이후로 기사 렘피의 성기사단에 들어갔다.

하지만 성기사단의 텃세가 심해서 그것에 환멸을 느낀 나바루스는 베인이 펜서에 들어간 지 얼마 지나지 않아 펜서에 합류했다.

뛰어난 궁술 실력으로 빨간색을 받은 나바루스는 이후

수많은 악마와의 싸움에서 실력을 발휘한다.

그는 알 비올레스와의 싸움에 참여하기도 했는데 안타깝게도 베인과 마주치지 못했다.

대신 그가 알 비올레스와의 격전지에서 남긴 일기장은 후대에 중요한 역사적 자료로 남게 되었다.

용병대에서 일기를 쓰던 버릇이 남아 기록을 남기게 된 것이, 후대에 나바루스라는 이름을 남기게 될 줄 누가 상상했으랴.

그렇게 베인이 사라진 세상은 잘 돌아갔다.

*　　*　　*

"그렇게 2차 리스트리안 전쟁은 끝이 나고 말았다. 살아남은 자들은 고향으로 돌아가게 되었고, 전쟁 영웅인 기사 사일러는 공작의 작위와 함께 엄청난 부와 명예를 거머쥐게 되었지."

머리가 하얗게 센 학자가 강단에서 내려오며 말했다.

그러자 그의 강의를 듣던 학생 한 명이 손을 번쩍 치켜들었다.

학자가 고개를 끄덕이자 학생이 입을 열었다.

"설원 가득 피어올랐던 성화(聖火)는 어떻게 된 건가요?

그 이유는 밝혀졌나요?"

학자가 대답했다.

"아니, 성화의 원인은 백 년이 지난 지금까지 밝혀지지
않고 있다. 어떤 신성한 힘이 알 바흐레골을 태우면서 그의
권속들 역시 성화로 태운 것은 확실한데, 그 누구도 이유를
알지 못했지. 기록에 따르면 기사 사일러 또한 그 이유를
알 수 없었다고 한다. 알 바흐레골을 처치한 본인도 말이
다."

"기사 사일러가 혹시 성기사는 아니었을까요?"

"성기사의 성화와는 다른 형태의 성화였다. 성기사의 성
화가 단순히 악마를 불태우는 것에 그친다면, 그때의 성화
는 말 그대로 악마들의 영혼을 소멸시켰지. 기록에 따르면
기사 사일러가 설원 가득히 솟아오르는 금빛 가루의 향연
을 넋을 잃고 바라봤다고 한다."

"금빛 가루의 향연이라니요?"

학생의 연이은 질문에 학자가 살짝 미소를 머금고는 대
답했다.

"기사나 마법사나 어느 한 길을 추구하는 자들을 모두 수
도자라고 부른다. 그 수도자들이 깨달음을 얻어 일정 이상
의 경지를 넘어서게 되면 인간이 지각할 수 있는 범위 너머
의 것을 볼 수 있게 되지. 그 금빛 가루는 영혼이 불타 재가

되어 나온 가루였다고 한다. 나 역시 그 정도 경지에는 이르지 못해 직접 보지는 못 하였으나, 기사 사일러가 남긴 기록물에 따르면 그렇다고 한다."

"영혼을 볼 수 있을 정도면 도대체 얼마나 오랫동안 수련을 해야 하는 건가요?"

"아주 오랫동안 수련을 해야 하지. 간혹 세상에 초천재가 나타나기도 하는데, 그때 당시 기사 사일러와 동시대를 살았던 기사 제리코가 그 경우에 해당한다. 기사 제리코는 역사에 전례가 없을 정도로 빠른 성취를 보였지. 24살에 섬광을 자유자재로 구사했다고 한다. 하지만 전쟁이 끝나자 알 수 없는 이유로 그의 동료들과 함께 은거하고 말았지."

학자는 코끝으로 흘러내리는 안경을 치켜세우고는 말했다.

"자, 이것으로 수업을 마치겠다. 다음 시간까지 기사 사일러가 남긴 기록물을 읽어오도록."

"예."

수업이 끝나자 학생들이 저마다의 필기구를 들고 우르르 강의실을 빠져나갔다.

학자는 천천히 다시 강단 위에 올라섰다. 그리고 책상 위에 놓여 있는 책의 마지막 장을 펼쳤다.

스윽—

슥슥.

잉크통을 열고 촉에 잉크를 묻힌 학자는 마지막 장에 문장을 휘갈겼다.

2차 리스트리안 전쟁 당시 병사들이 남겼던 기록물에 의하면, 알 바흐레골과의 접전이 일어났던 설원 외에도 알 아란, 그리고 알 비올레스와 접전이 일어났던 설원에서 같은 성화가 피어올랐다고 한다.

하지만 기사 사일러가 알 아란과의 접전을 벌였다는 기록은 남아 있지만, 알 비올레스와 접전을 벌였다는 기록은 남아 있지 않다.

오히려 그 시각 기사 사일러는 알 바흐레골의 군대와 싸우고 있었다.

그렇다면 이때 피어올랐던 성화는 무엇일까?

알 바흐레골은 정말 기사 사일러가 죽인 것일까?

그조차 기억하지 못하는 성화의 원인은 무엇일까.

나는 감히 이 전쟁을 종결시킨 미지의 존재가 있다고 가정한다.

그가 누구인지, 어떤 목적을 가지고 있었는지는 모른다. 하지만 모종의 이유로 그는 우리의 기억에서 사라졌으며 어떠한 기록도 후대에게 남기지 않았다.

*   *   *

어둠만이 가득한 공간. 그곳에 형체가 없는 존재 둘이 떠 있었다.

"그는 어떻게 되었습니까?"

그중 어떤 형체가 황금색 빛을 뿜으며 말했다.

그의 음성은 어둠의 공간 속에서 얇게 울려 퍼졌다.

그러자 다른 형체가 흰색 빛을 뿜으며 말했다.

"그를 윤회시킬 수는 없었다. 그가 깨달은 이치는 세상을 관통하는 이치라 윤회의 힘으로도 그것을 여과시킬 수는 없었지. 그래서 그를 차원의 미아로 만들었다."

"차원의 미아… 말입니까?"

"그렇다. 그는 영원토록 평행 차원을 떠돌아다니며 무엇이 거짓이고, 무엇이 진실인지 알 수 없는 감옥에 갇힐 거야. 어떤 차원에서 그것이 진실이라고 생각하게 될지는 순전히 그의 몫에 달려있지."

"한 개체가 동시에 수많은 평행차원에 존재할 수 있는 것이 가능한 일입니까?"

"의념이 차원에 얽매이지 않는 존재라면 가능하지. 높은 깨달음을 얻었지만 그것으로 인해 그는 지옥의 고통을 감내해야 할 것이야. 신의 영역을 넘보려고 한 대가를 치러야지."

지이이잉—

                    *   *   *

어디선가 진동소리가 들려왔다.

차갑고 딱딱하다. 내가 지금 어디 누워 있는 거지? 황급히 눈을 뜨자 시멘트 바닥이 눈에 들어왔다.

"돌아온 건가?"

하지만 내 기억은 지워지지 않았다.

리스트리안에서의 경험이 명확하게 내 기억 속에 자리 잡고 있었다.

눈을 감고 베나레스를 떠올려 보았다. 순백색의 거대한 숲. 베나레스마저 잃어버리지 않았다.

지이이이잉—

일단 전화부터 받아야겠군.

바닥에 떨어져 있는 핸드폰을 주워들었다. 핸드폰 액정 위로 '12학번 박현건' 이라는 글자가 떠올랐다.

"여보세요?"

"형, 어디세요? 지금 애들 거의 다 모였는데."

"어? 먼저 가고 있어! 나는… 먹을 것 좀 사가지고 갈게."

뭐지?

이건 예전에 알 노이굽스를 처음 만났을 때 꿨던 꿈과 같았다.

내가 지금 꿈을 꾸고 있는 건가?

이건 현실인가, 꿈인가? 내가 돌아온 것이 맞나? 어떻게 원래의 기억을 갖고 돌아올 수 있게 된 거지?

엘리베이터의 버튼을 누르며 페이스북에 들어갔다.

재빨리 친구 찾기로 유정과 고성화, 그리고 맥스를 찾아보았다.

―검색 결과 없음.

"이, 이게 어떻게 된 일이지?"

없다. 기록이 없었다.

저번에 꿨던 꿈에서는 분명히 나왔는데? 철자가 틀렸나? 아냐, 틀리지 않았어! 틀릴 리가 없잖아!

왜, 왜 그들이 없는 거지?

분명히 내가 지구로 돌려보냈는데. 분명히 내가 다른 차원으로 날려 보냈는데.

"젠장!"

설마 이상한 차원으로 그들을 날려 보낸 것인가? 지구가 아닌 다른 곳으로 그들을 날려 보낸 것인가?

설마 공허의 공간으로 보낸 건 아니겠지? 그건 절대 아니라고 계속 생각했다.

그때였다.

유정과 고성화, 그리고 맥스에 대해서 생각을 하려고 했으나 생각이 떠오르지 않았다.

그들이 존재했다는 사실 자체가 떠오르지 않았다.

머리가 쪼개질 것 같은 통증과 함께 그 이름만 떠오를 뿐, 그들에 대한 어떠한 기억도 떠오르지 않았다.

"이런 젠장!"

그들의 기록이 사라졌다. 완벽하게 사라졌다.

그들은 공허의 공간으로 날아간 것이다. 내가 그들을 죽이고 말았어.

"아, 아아, 아아아!"

나는 머리카락을 쥐어뜯으며 절규했다.

내가 그들을 영원히 지우고 말았어.

내가 무슨 짓을 저지른 거지?

"제기라아아아아알!"

그와 동시에 머릿속으로 이상한 영상들이 떠오르기 시작했다.

그것은 내 기억이 아니었다. 아니, 내 기억같이 느껴지지 않는 기억들이었다.

나는 눈앞에 잔상처럼 떠오르는 그 영상들을 바라보았다.

내가 현관 앞에 누워 있었다.

핸드폰 진동이 울리자 내가 깨어난다.

당황하며 일어나 전화를 받는 나는 알겠다고 하고 엘리베이터에 오른다.

내가 겪고 있는 어떠한 혼란스러움도 보이지 않는다.

그저 약속 시간에 늦었다는 생각만 하고 있을 뿐이었다.

또 다른 기억이 있었다.

그 기억 속에서 나는 현관문을 열고 있었다.

현관문을 열고 나온 나는 태연스럽게 엘리베이터 버튼을 누른다.

현관문을 열자마자 살갗이 얼어붙을 것 같은 기온의 극지대가 펼쳐지기는커녕, 아무 일도 일어나지 않는다.

다만 오한을 느꼈는지 잠시 몸을 부르르 떨었을 뿐이다.

이 모든 기억들이 현실처럼 다가왔다.

어떤 기억이 진짜고, 어떤 기억이 거짓인지 알 수 없었다.

이게 뭐지?

이게 무슨 경우지?

"끄으으으으!"

머리가 터질 것 같이 아파왔다.

내 눈앞에 펼쳐진 영상들이 동시 다발적으로 재생되며

그 기억의 편린들이 내 정신을 파고들었다.

나는 동시에 아무 기억도 하지 못한 채 합숙훈련을 가고 있었고, 실제로 아무 일도 일어나지 않은 채 합숙훈련을 가고 있었다.

그와 함께 어떤 기억이 진실인지 거짓인지 알 수 없어 괴로움에 몸부림치고 있었다.

이건 있을 수 없는 일이야!

자율 의지를 일으켜 수정력을 건드려 보았다.

하지만 누가 접근을 제한하기라도 한 것처럼, 수정력은 미동조차 하지 않았다.

"이것인가, 정녕 이것이야!"

나는 털썩 무릎을 꿇었다. 그리고 천장을 쳐다보며 울부짖었다.

"이게 당신이 원하던 것인가! 차라리 날 죽여라!"

내가 무슨 잘못을 저질렀다고 이런 형벌을 주는 것이지.

차원을 뛰어넘어 원래 있던 곳으로 돌아가려고 했던 것이 그리도 잘못인가?

나 혼자만의 힘으로 넘지 못했다면 그 누구도 해내지 못했을 일인데.

그럼 애초부터 내가 다른 차원으로 넘어가지 못하게 막았어야 하는 것 아닌가!

자기가 싸질러 놓은 똥을 나보고 치우란 뜻인가!

자기가 실수했으면서 그 원죄를 왜 나에게 씌우는 거지?

"이런 개자식!"

나는 서서히 의식이 흐려져 가는 것을 느꼈다.

고통은 여전했다.

어느 것이 진실이고, 어느 것이 거짓인지 알 수 없다는 고통에 머리가 쪼개질 것 같았다.

하지만 내 의식이 점점 분열되어 영상 속으로 빨려 들어가기 시작했다.

*   *   *

지이이잉—

딱딱하고 차갑군.

나는 천천히 눈을 떴다.

아파트 복도의 주황색 조명이 밝게 빛나고 있었다.

뭐지?

내가 쓰러졌던 건가?

그때 입가를 타고 뭔가 주르륵 흘러내렸다.

침이었다.

소매로 황급히 침을 닦아내고 내가 누워 있던 곳을 바라보았다.

침이 웅덩이처럼 고여 있었다.

침이라니!

우우우웅—

진동 소리가 들려왔다.

엘리베이터 앞에 내 핸드폰이 떨어져 있었다.

핸드폰 액정 위로 '12학번 박현건'이라는 이름이 떠올랐다.

나는 슬라이드를 젖히고 말했다.

"여보세요?"

"형, 어디세요? 지금 애들 거의 다 모였는데."

"어? 먼저 가고 있어! 나는… 먹을 것 좀 사가지고 갈게."

뭐지.

빈혈 기운이 있나?

내가 정신을 잃고 쓰러질 줄이야.

태어나서 단 한 번도 기절해 본 적이 없는데 말이지.

아무튼 빨리 가야겠다. 아니, 병원부터 가봐야 하나?

"으으으."

기절하면서 부딪쳤는지 이마가 빨갛게 부어오르며 혹이 솟아올랐다.

젠장.

어처구니없군.

이마를 문지르며 시간을 확인해 보았다.

늦었다. 약속 시간에 엄청 늦었다.

복학생 주제에 약속 시간에 늦어 버리다니.

애들 볼 면목이 없군. 맛있는 걸 사들고 가야겠다.

엘리베이터 버튼을 꾹 눌렀다.

＊　　　＊　　　＊

나는 현관문을 열고 밖으로 나왔다.

겨울이라 그런지 확실히 날씨가 쌀쌀했다. 바람도 불고.

그때 뭔가 뒤통수를 훑고 지나가는 느낌이 들었다.

오한이 들 때처럼 등줄기를 따라 닭살이 돋았다.

"뭐지?"

재빨리 주변을 둘러보았으나 귀신이라든지 그런 것은 보이지 않았다.

뭐야, 갑자기.

왜 오한이 든 거지.

기가 세서 점이나 사주보는 사람들도 내 것을 보기 싫어하는데 말이야.

나는 가볍게 몸을 풀고 엘리베이터 버튼을 눌렀다. 그리고 무료함을 달래기 위해 페이스 북을 켰다.

"또 실종이군."

요즘 세상이 정말 무섭다.

조선족인지 누군지 모르겠지만 장기 매매가 급속도로 퍼지고 있고, 묻지마 범죄가 빈번하게 일어난다.

사회가 미쳐가는 것이 틀림없다. 아니면 SNS가 발달함에 따라 과거에는 알지 못했던 일들을 예전보다 쉽게 접하게 되어 그런 것일 수도 있겠다.

원래는 예전부터 있던 일인데, 이제 그것을 SNS를 통해 직접 체감할 수 있게 되었다고 해야 하나.

아무튼 뉴스피드에 뜬 게시글을 살펴보자, 서울 대치동에 사는 어떤 여자가 집에서 갑자기 사라졌다고 한다.

원룸에서 살던 그녀는 인터넷 쇼핑을 하다가 사라졌는데, 문도 잠겨 있었고 집에 누군가 침입한 흔적도 없다고 한다.

허허. 도대체 무슨 수법으로 그녀를 납치한 걸까.

경찰은 최근에 원룸에 혼자 사는 여성들을 중점적으로 노리는 범죄 집단을 유력한 용의자로 삼고 있다고 한다.

뉴스 기사 밑에는 그 여자의 친구로 보이는 사람이 올린 구구절절한 사연이 있었다.

그녀는 도대체 어떻게 사라졌을까?

또 다른 장기매매 사건일까.

아무튼 그녀가 빨리 돌아왔으면 좋겠다고 생각하며 좋아요를 눌렀다.

그녀의 이름은 유정이었다.

이름이 외자인가?

특이하군.

『생존록』 완결

이제부터 전자책은

이젠북

www.ezenbook.co.kr

새로운 세계가 열린다!

서현 『조동길』 남운 『개방학사』 백연 『생사결』
목정균 『비뢰도』 좌백 『천마군림』 수담옥 『자객전서』
용대운 『천마부』 설봉 『도검무안』 임준욱 『붉은 해일』
진산 『하분, 용의 나라』 천중화 『그레이트 원』

이름만 들어도 황홀할 정도의 별들의 향연!

이들의 "유료연재"가 시작됩니다!

검색창에 **이젠북** 을 쳐보세요! ▼ 🔍

FUSION FANTASTIC STORY

천중화 장편 소설

세계 유일의 남자

역사를 목격한 적이 있는가.
지금, 세상을 뒤엎을 사내가 온다!

스포츠 만능에, 수많은 여인의 애정까지…
골프계를 뒤흔드는 골프 황제 김완!

그런데 이 남자의 향기가 심상치 않다.

할머니의 비밀과 부모의 죽음.
그에게 전해진 사건들이 이 남자를 뒤흔들고,
이제 그의 행보가 세상을 움직인다!

『세계 유일의 남자』

평범한 남자라고 생각했는가?
천만에! 이자는… 세계 유일의 남자다!

Book Publishing CHUNGEORAM
유령이 아닌 자유추구
www.chungeoram.com

FUSION FANTASTIC STORY

죽은 자들의 왕

페리도스 퓨전 판타지 소설

공전절후! 쾌감작렬!
청어람이 선보이는 판타지의 신기원!

『죽은 자들의 왕』

대륙 최고의 어쎄신 길드 블랙 클라우드.
어느 날 내려진 섬멸 명령으로 인하여 하루아침에 멸망했다.

그러나……

"오랜만이다, 동생아."

어릴 적 헤어진 동생을 찾아 국경을 넘은 그레이너.
그러나 동생은 죽음의 위기를 겪고,
이제 동생의 모습으로 새로 태어난 그레이너가
모든 음모를 파헤치며 나아간다.

사라졌다 여겨진 전설이 끝나지 않고,
이제 대륙을 뒤흔드는 폭풍이 되리라!

Book Publishing CHUNGEORAM

유행이아닌자유추구 -
WWW.chungeoram.com